Andrea Russo
Green Witch

Für meine Tochter Lizzy
und ihre Freundin Stina

FSC
www.fsc.org
MIX
Papier aus verantwortungsvollen Quellen
FSC® C014496

5 4 3 2

ISBN 978-3-649-67039-1

Hafenweg 30, 48155 Münster

Text: Andrea Russo
Satz: Sabine Conrad, Bad Nauheim
Printed in Germany
www.coppenrath.de

Das @book erscheint unter der ISBN 978-3-649-63372-3.

Andrea Russo

Green Witch

COPPENRATH

Hexenparagraf Nummer 683:
Die Ausbildung der Junghexe

1. Jede Junghexe wird in einer ihr entsprechenden Hexenkunst unterrichtet. Die Art der Ausbildung wird an ihrem zwölften Geburtstag entschieden.

2. Dreizehn Hexen finden sich zu diesem Zwecke bei der Junghexe zum Hexenkreis ein.

3. Hexenmüttern ist es nicht erlaubt, ihre Töchter auszubilden.

4. Das Buch entscheidet, wer die Eine ist, die die Junghexe unterweist und sie alles lehrt, was sie selbst über die Hexenkunst weiß.

5. Die Eine wählt das Hexengeschenk, das die Junghexe in ihrer Ausbildung unterstützen wird.

6. Die Junghexe wird sich dreimal im Jahr für 14 Tage in die Obhut der Einen begeben, um in der Hexenkunst unterwiesen zu werden.

7. Am Ende jeder Einheit wird die Eine ihr eine Prüfungsaufgabe stellen, die die Junghexe bestehen muss.

8. Die Junghexe darf während ihrer Ausbildung unter keinen Umständen Kontakt zu anderen Hexen aufnehmen, um dort Rat oder Hilfe einzuholen. Das gilt erst recht für die Prüfungen.

9. An ihrem dreizehnten Geburtstag tritt der Hexenkreis erneut zusammen und unterzieht die Junghexe der allgemeinen Hexenprüfung.

10. Hat die Junghexe die Prüfung bestanden, wird sie in den Kreis der Hexen aufgenommen.

1.

»Bist du aufgeregt, Lizzy?«, fragt meine Mutter leise.

»Ein bisschen«, flüstere ich zurück. Das ist natürlich maßlos untertrieben. Schließlich wird nicht jeden Tag entschieden, zu welcher Art von Hexe ich ausgebildet werde.

Meine Mutter streicht mir mit dem Zeigefinger über die Wange. »Ich glaube, ich bin nervöser als du. Wie schnell die Zeit vergangen ist …« Sie lächelt und schüttelt den Kopf. »Jetzt bist du schon fast erwachsen und es gibt eine Hexe mehr in unserem Haushalt.«

Fast erwachsen … na ja. Heute ist mein zwölfter Geburtstag. Und genau genommen bin ich ja noch keine Hexe, sondern eine Junghexe, die gleich erfährt, bei wem sie in die Ausbildung geht. Dafür treffen sich dreizehn meiner Tanten zum Hexenkreis bei uns zu Hause. Zwölf von ihnen sind schon da, wie ich feststelle, als ich durch die geöffnete Küchentür ins Wohnzimmer schaue. Mit jeder von ihnen bin ich irgendwie verwandt, aber oft nur um tausend Ecken, wie meine Mutter mir erklärt hat.

»Vielleicht bringst du schon mal den ersten Kuchen

rüber«, schlägt meine Mutter vor und drückt mir die Servierplatte in die Hand. »Es geht gleich los.« Sie streicht mir eine Haarsträhne, die sich aus meinem Zopf gelöst hat, aus dem Gesicht. »Die Tanten sind alle sehr nett. Da kann also gar nichts schiefgehen. Du schaffst das!«

Ich nicke und atme tief durch. Wie immer wirkt es Wunder, wenn meine Mutter mir Mut zuspricht – sie ist nun mal eine Lichthexe. Genau wie Tante Fiona, die Schwester meiner Mutter und somit meine einzige echte Tante hier im Raum. Ich steuere auf sie zu.

»Eine Hexe fehlt noch«, sage ich zu ihr, während ich den Kuchen auf den Tisch stelle.

Tante Fiona lächelt auf ihre warme und geheimnisvolle Art und zwinkert mir zu. »Irrtum! Sie sind schon alle da, Lieschen.«

Eigentlich heiße ich Elisabeth. Ich wünschte, meine Eltern hätten mir einen Namen gegeben, den man nicht so leicht abkürzen oder verändern kann. Aber alle nennen mich anders und ich reagiere auf die verschiedensten Varianten: Elisa, Lisa, Betty, Lizzy ... Lieschen gehört, ehrlich gesagt, nicht gerade zu meinen Favoriten. Doch aus Tante Fionas Mund hört sich selbst dieser Name schön an. Lichthexen sind so voller positiver Energie, dass man sich sogar wohlfühlen würde, wenn man von ihnen Volltrottel genannt werden würde – ernsthaft!

»Aber es sind doch nur zwölf …« Ich mache einen langen Hals und lasse meinen Blick noch einmal über die beiden Tische schweifen, die wir zu einem großen zusammengestellt haben.

Die meisten der Hexen sehe ich heute zum ersten Mal. Nur Tante Fiona kenne ich. Und natürlich meine Oma. Sie sitzt neben einer Kräuterhexe. Die beiden sind Cousinen. Dass sie miteinander verwandt sind, kann man allerdings nicht direkt erkennen. Meine Oma würde jeder einfach für eine nette ältere Dame halten und keinesfalls für die mächtige Erdhexe, die sie in Wahrheit ist. Ihre Cousine sieht dagegen genau so aus, wie man sich Hexen in Märchenbüchern vorstellt: Ihr Gesicht ist runzlig, ihre Nase viel zu groß und ihr Haar ist, bis auf eine einzige breite weiße Strähne vorne, noch rabenschwarz. Omas Haar ist dagegen komplett schlohweiß.

Als Oma merkt, dass ich zu ihr rüberschaue, winkt sie mir kurz zu, dann sagt sie etwas zu ihrer Cousine, die mich daraufhin lange ansieht und mit zusammengekniffenen Augen mustert. Nett sieht sie nicht unbedingt aus. Ich drehe schnell meinen Kopf weg. Genau in dem Moment spüre ich einen warmen Lufthauch nah an meinem Ohr und kurz darauf flüstert eine kratzig klingende Frauenstimme: »Oh, oh, das sieht schlecht aus für uns beide. Die gute Camilla hat also auch ein Auge auf dich geworfen. Da haben wir anderen wohl keine großen Chancen. Die Cousine deiner Großmutter hatte schon immer einen sehr starken Willen.«

Verwundert drehe ich mich zu Tante Fiona um. »Warst du das?«, frage ich, doch sie grinst nur breit und schüttelt den Kopf.

»Das war ich – Hedda, deine Großtante zweiten Grades«, flüstert die Stimme, dann kichert sie. »Mach dir nichts draus, wenn du erst eine echte Hexe bist, kannst du mich auch sehen.«

Natürlich habe ich schon viel von Schattenhexen gehört. Sie können sich komplett in Luft auflösen. Nur ihre Schatten bleiben sichtbar. Ich suche nach einem großen dunklen Fleck auf dem Fußboden.

»Meinen Schatten kannst du hier nicht sehen. Die Lichtverhältnisse sind zu schlecht«, flüstert Tante Hedda und noch einmal spüre ich warme Luft an meinem Ohr vorbeistreichen. »Hach, ist das nicht alles aufregend?«

Da hat Tante Hedda allerdings recht. Der Hexenkreis ist aufregend und das schönste Geburtstagsgeschenk von allen. Endlich werde ich eine richtige Hexe!

Eine Schattenhexe zu werden, wäre eigentlich nicht schlecht, überlege ich, während ich beobachte, wie sich einer der Stühle am Tisch wie von selbst bewegt. Wenn ich unsichtbar wäre, könnte ich mir unbemerkt jede Klassenarbeit ansehen, bevor ich sie schreiben muss. Wetterhexe wäre auch okay. Da würde ich im Sommer für hitzefrei in der Schule sorgen.

Ich habe mir natürlich schon oft den Kopf darüber zerbrochen, welche Art von Hexe ich am liebsten werden würde. Lange wollte ich eine Lichthexe werden wie meine Mutter und Tante Fiona. Dann war ich mir aber nicht mehr so sicher, ob ich nicht doch lieber Erdhexe wie Oma werden möchte. Als Erdhexe kümmert Oma sich um Wälder, Felder und Wiesen. Ich begleite sie oft bei ihren Streifzügen durch die Natur. Es wäre zwar nicht mein Favorit. Aber ich bin gerne draußen. Und Oma würde sich bestimmt sehr freuen, wenn sie mich ausbilden dürfte. Erst neulich hat sie mir gesagt, wie schön es wäre, wenn durch mich die Familientradition aufrechterhalten würde.

Eins weiß ich aber ganz sicher: Auf keinen Fall will ich eine Kräuterhexe werden! Das steht ganz hinten auf meiner Hexenausbildungswunschliste – uncooler geht's ja wohl nicht! Ich hoffe wirklich, dass der Hexenkreis mich nicht zu dieser Camilla schickt. Wenn es nach mir ginge, würde ich die doofe Hexenordnung sowieso ändern und allen Junghexen ein Mitspracherecht gewähren. Wo gibt es so was denn bitte heute noch, dass man nicht selbst entscheiden darf, was man wird!

Ich schaue zu Oma rüber und schnell wieder weg. Omas Cousine Camilla beobachtet mich immer noch!

Und nicht nur sie: Direkt neben ihr sitzt Santana. Dass sie ebenfalls eine Kräuterhexe ist, habe ich mir gleich gemerkt, als sie mich begrüßt hat. Sie ist nämlich bildschön. Auch sie hat schwarzes Haar, das sie allerdings hochgesteckt hat. Sie ist wesentlich jünger als Camilla, ich schätze sie auf Mamas Alter, und wirkt irgendwie geheimnisvoll. Sie hat große dunkle Augen, trägt schwarze enge Hosen und dazu einen schwarzen Rollkragenpullover. Auch sie betrachtet mich offenbar schon eine ganze Weile. Als sie meinen Blick bemerkt, lächelt sie mir zu. Also noch eine Kräuterhexe, die ein Auge auf mich geworfen hat. Bitte nicht!

»Schneid den Kuchen ruhig schon an, Schatz«, sagt da jemand neben mir und reißt mich aus meinen Gedanken.

Diesmal klingt die Stimme überhaupt nicht kratzig, sondern warm und liebevoll. Es ist meine Mutter. Ich habe sie nicht kommen hören. Lichthexen verfügen über die Fähigkeit, sich völlig lautlos zu bewegen. Sie stellt eine große Kanne mit Kaffee auf den Tisch und sieht sich prüfend um. »Der Tee fehlt noch. Ich geh ihn holen.«

»Okay.« Ich greife nach dem Messer. Das Rezept für den Kuchen habe ich von Stina, meiner besten Freundin. Es ist supereinfach: Alle Zutaten werden mit einer Tasse abgemessen, zusammengerührt, in eine Kastenform geschüttet und gebacken. Fertig. Im Gegensatz zu mir experimentiert Stina gern in der Küche herum. Würde es Küchenhexen geben, würde sie zweifelsohne zu ihnen gehören. Aber die existieren nicht und außerdem ist Stina ein ganz normales Mädchen ohne Hexenblut. In der Regel wird man nur zur Hexe, wenn man Hexenvorfahren hat. Äußerst selten werden auch Mädchen mit ganz besonderen Begabungen ausgebildet. Gut kochen und backen können gehört allerdings leider nicht dazu. Und darum werde ich Stina nie von meiner Hexenausbildung erzählen können, weil normale Menschen natürlich nichts von uns wissen dürfen.

Nachdem ich den Kuchen in dicke Scheiben geschnitten habe, tritt meine Mutter neben mich und klatscht in die Hände. »So, meine Lieben, dann legen wir mal los!«

Sie hakt sich bei mir unter und geht mit mir zum Kopfende des Tisches. »Du sitzt links neben mir, an meiner Herzseite«, sagt sie leise. »Aber erst einmal bleiben wir kurz stehen und du begrüßt deine Gäste.«

Wir haben das, was jetzt kommen wird, bestimmt tausendmal durchgesprochen. Aber ich bin trotzdem froh, dass meine Mutter mir Anweisungen gibt. So aufgeregt wie jetzt war ich noch nie! Meine Beine fühlen sich an wie Gummi. Mein Herz schlägt laut gegen meine Brust. Und mein Mund ist furztrocken.

Ich straffe meine Schultern, räuspere mich und sage: »Liebe Tanten, herzlich willkommen zur Hexenrunde hier im Hause Vermeer.« Noch einmal hole ich tief Luft. Dann rede ich mit fester Stimme weiter: »Ich, Elisabeth Aurora Vermeer, Tochter von Aurora Diana Vermeer, bitte die Eine von euch um Unterweisung.«

Meine Tanten sehen mich ernst an und nicken. Sie greifen alle gleichzeitig zu ihren Halsketten, umschließen mit der Hand den Edelstein, der daran befestigt ist, und sagen einstimmig: »So soll es sein, Elisabeth Aurora Vermeer!«

Jetzt sind es wirklich dreizehn, schießt es mir durch den Kopf, denn Tante Hedda hat ihre menschliche Gestalt angenommen. Sie sitzt auf dem Stuhl, der sich eben von allein bewegt hat, und zwinkert mir zu. Ihr Haar ist feuerrot und raspelkurz geschnitten. Ihre Augen sind dunkel geschminkt. Dazu trägt sie eine grüne Tunika. Der Edelstein, der an ihrer Kette baumelt, ist schwarz, so wie ein Schatten.

»Das hast du gut gemacht«, flüstert meine Mutter neben mir. Dann verkündet sie laut: »Die Hexenrunde kann beginnen, meine Lieben. Ich werde meine Tochter zur Ausbildung in die Obhut der Einen geben. Das Buch soll entscheiden.«

2.

Mitten auf dem Tisch liegt ein dickes Buch in einem dunkelbraunen Ledereinband.

»So soll es sein«, murmeln meine Tanten noch einmal einstimmig. Es klingt geheimnisvoll und beschwörend. Ich schnappe nach Luft, als wie von Geisterhand silberne Buchstaben auf dem Buchdeckel erscheinen, die sich langsam zu meinem Namen verbinden: Elisabeth Aurora Vermeer.

»Das ist meine Handschrift«, flüstere ich atemlos.

Meine Mutter nickt. »Es geht ja heute auch um dich«, erklärt sie.

Wenn das Stina sehen könnte, schießt es mir durch den Kopf. Wie cool wäre es, wenn sie jetzt dabei sein könnte!

Genau in diesem Moment klopft jemand laut an die Haustür. Die Klingel haben wir vorhin extra abgestellt, damit wir nicht gestört werden.

Oh nein!, denke ich. Es würde zu Stina passen, dass sie mich überraschen will und genau jetzt vor der Tür steht, da ich an sie gedacht habe. Sie hatte letzte Woche ebenfalls Geburtstag und nach den Herbstferien feiern wir beide gemeinsam mit unseren Freundinnen. Sie weiß eigentlich, dass ich heute keine Zeit habe, weil meine Tanten zum Kaffeetrinken kommen, ich habe es ihr erzählt. Allerdings geht Stina natürlich von ganz normalen Tanten aus.

Als es noch einmal klopft, sehen mich alle an.

»Vielleicht meine Freundin«, nuschele ich und fühle mich verdammt schlecht, weil ich mir gerade gewünscht habe, sie könnte heute dabei sein.

Doch Oma schüttelt den Kopf. »Es ist eine von uns.«

Erleichtert atme ich auf.

Tante Fiona zeigt auf die Karaffe, die vor ihr auf dem Tisch steht. Das Wasser darin blubbert. »Eine Wasserhexe!«

Meine Mutter steht auf. »Ich lass sie rein.«

Eine Wasserhexe? Die leben doch am Meer! Nur ganz selten kommen sie auch an sehr großen Flüssen vor. Bei uns in der Nähe gibt es jedoch keine solchen Gewässer. Wie gebannt schaue ich zur Tür.

»Das ist doch Ava«, flüstert eine meiner Tanten, als meine Mutter in Begleitung einer jungen Frau zurück ins Wohnzimmer kommt.

»Wow«, entfährt es mir, aber zum Glück so leise, dass es niemand mitbekommt. Alle Augen, einschließlich meiner, sind auf die Hexe gerichtet, die neben meiner Mutter steht. Dass sie eine Hexe ist, kapiere ich sofort. Und zwar die schönste, die ich je gesehen habe. Ihr langes blondes Haar ist von vielen blauen Strähnchen durchzogen. Im Sonnenlicht, das durch das Wohnzimmerfenster fällt, sieht es aus, als würde es mal golden, dann wieder türkisfarben glitzern. Es passt farblich genau zu dem Edelstein an ihrer Halskette, den man auf ihrer weißen Bluse mit Carmenausschnitt und weiten Ärmeln gut erkennen kann. Dazu trägt sie kurze ausgefranste Jeansshorts. Ihre langen braun gebrannten Beine stecken in weißen Riemchensandalen. Die Fußnägel sind perlmuttfarben lackiert. Wahnsinn. So will ich auch aussehen!

»Na, da komme ich ja gerade noch rechtzeitig«, sagt unser neuer Gast und schaut freundlich in die Runde. »Es hat leider etwas länger gedauert, weil ich einer Babyrobbe helfen musste. Sie hat sich mit der Schnauze in einer Plastiktüte verfangen. Wenn die Menschen so weitermachen, schwimmen bald mehr Plastikteile in unseren Meeren als Fische.« In ihren Augen funkeln dunkle Blitze, als sie das sagt, doch dann schüttelt sie den Kopf. »Lassen wir das jetzt. Wir sind heute schließlich hier, weil eine Junghexe um Ausbildung bittet. Das ist doch wirklich ein sehr positiver Anlass!« Sie sieht zu mir und lächelt. Dabei fällt mir das kleine blau glitzernde Steinchen auf einem ihrer Eckzähne auf. Die Wasserhexe ist nicht nur wunderschön, sie hat auch einen super Modegeschmack! »Du bist also Sabeth – schön, dich kennenzulernen!«, sagt sie zu mir. »Mein

Name ist Ava. Ich bin die Wasserhexe des nördlichen Meeres und würde gerne an der geselligen Runde hier teilnehmen. Ich hoffe, du hast nichts dagegen?«

Mir fehlen die Worte. Wie hat sie mich gerade genannt? Sabeth? Das gefällt mir! Es hört sich cool und verdammt nach Hexe an. Wenn es nach mir ginge, könnten die anderen Tanten sich jetzt sofort und auf der Stelle in Luft auflösen. Ich will eine Wasserhexe werden. Sabeth, die Wasserhexe – wie genial wäre das denn!

»Hallo, ja, äh …«, bringe ich endlich über die Lippen, als meine Mutter mich sanft in die Seite stupst und ich es schaffe, den Blick von Ava abzuwenden. »Dann mal herzlich willkommen.«

Da wirft Tante Hedda jedoch ein: »Oh, oh, jetzt haben wir den Salat. Vierzehn Hexen, das ist kein gutes Omen, das geht gar nicht!«

Ich schaue hilflos zu meiner Mutter. Aber auch die scheint ratlos zu sein.

Sie kratzt sich am Kopf und fragt: »Vierzehn Hexen! Gab es so etwas schon mal? Was machen wir denn jetzt?«

»Wer zu spät kommt, den bestraft das Leben«, brummt eine der Tanten, die ich nicht kenne. An ihrer Kette baumelt ein glasklarer Edelstein in Form eines großen Wassertropfens. Ich bin mir nicht hundertprozentig sicher, aber sie müsste eine der Wetterhexen sein. »Ich würde sagen, dass du leider Pech gehabt hast, liebe Ava.«

»Stehst du überhaupt im Buch?«, fragt eine der anderen Tanten. »Es dürfen immer nur dreizehn Hexen sein, das ist uraltes Gesetz!«

Ava zuckt mit den Schultern. »Das Wasser hat mir leider vor wenigen Stunden erst zugeflüstert, dass heute eine sehr begabte Junghexe, die vom Meer kommt, in die Ausbildung gehen soll.«

»Vom Meer?«, fragt Oma und fängt schallend an zu lachen. »Entschuldige bitte, aber Elisabeth ist meine Enkelin. Ich bin eine Erdhexe, wie du ja weißt. Ihre Mutter und ihre Tante sind Lichthexen. Und ihre Urgroßmutter war eine bedeutende Kräuterhexe. Mit Wasser haben wir nicht viel am Hut. Wie kommst du darauf, dass Elisabeth vom Meer stammen könnte, meine liebe Ava?«

Die Wasserhexe antwortet meiner Oma nicht. Stattdessen wendet sie sich direkt an mich. »Ist es richtig, dass du mit Nachnamen Vermeer heißt, Sabeth?«

Ich nicke aufgeregt. »Und Vermeer bedeutet *vom Meer*«, bestätige ich.

»Ava stammt von Aqua ab und bedeutet *Wasser.* Wir passen also gut zusammen, meinst du nicht auch? Wir hätten bestimmt viel Spaß miteinander.«

»Spaß!«, schnaubt die Wetterhexe mit dem durchsichtigen Stein und schüttelt den Kopf. »Du bist vierundzwanzig, Ava, und hast immer noch Flausen im Kopf. Das Kind soll was lernen! Davon mal ganz abgesehen, ist Vermeer der Name ihres Vaters. Elisabeths Mutter hat ihn angenommen, als sie ihn geheiratet hat. Der Name hat also keinerlei Bedeutung.«

Na ja, ich hätte gegen Spaß eigentlich nichts einzuwenden, denke ich, aber das behalte ich lieber für mich.

Zum Glück mischt meine Mutter sich wieder in das Geschehen ein. »Wir befragen das Buch!«, bestimmt sie.

Nur wenig später liegt das Buch aufgeklappt mitten auf dem Tisch. Alle Hexen stehen drum herum und reden aufgeregt durcheinander.

»Was ist?«, frage ich. »Was ist los? Ich kann gar nichts sehen!« Ich stelle mich auf die Zehenspitzen und versuche, einen Blick zwischen meinen Tanten hindurch zu erhaschen, aber das funktioniert nicht. Sie stehen zu dicht nebeneinander, niemand macht mir Platz.

»Na, ganz toll«, maule ich.

Da zupft plötzlich jemand an meinem Ärmel und sagt: »Komm, wir essen ein Stück Kuchen und warten, bis sich die ollen Tanten beruhigt haben.« Es ist Ava. In ihren großen blauen Augen funkeln wieder Blitze. Diesmal sind sie golden. »Wenn du mich fragst, sind viele Hexen total altmodisch und verstaubt. Ein bisschen frischer Wind würde ihnen guttun.« Sie kichert.

»Das dürfte einer Wetterhexe ja nicht schwerfallen. Aber lass uns lieber ein bisschen über dich reden. Ich würde gern mehr über dich erfahren.«

Ich bin hin- und hergerissen. Es interessiert mich brennend, was im Buch steht. Aber ich würde mich auch gern mit Ava unterhalten.

»Ich weiß nicht …«, erwidere ich unschlüssig.

Ava deutet mit dem Zeigefinger auf eine meiner Haarsträhnen, die mir schon wieder ins Gesicht fallen. »Ist dir eigentlich aufgefallen, dass wir beide die einzigen Blondinen hier sind?«

Ich deute mit dem Kopf auf eine der Hexen. »Sie hat doch auch blondes Haar.«

»Das zählt nicht, die sind gehext.« Ava grinst. »Unsere sind echt.« Sie legt den Kopf leicht schief und betrachtet mich. »Blaue Strähnchen würden dir bestimmt auch stehen.«

»Bei dir sieht es auf jeden Fall richtig gut aus«, sage ich.

»Alle Wasserhexen haben blaue Strähnchen, das gehört sozusagen zum Outfit. Wer weiß, vielleicht bekommst du auch bald welche.« Ava lächelt schelmisch. »Komm, wir schauen, was das Buch dazu sagt.« Sie greift nach meiner Hand und zieht mich zum Tisch, um den immer noch meine Tanten stehen und diskutieren. Ohne dass Ava auch nur ein Wort sagen muss, rücken alle etwas zusammen und machen uns Platz.

»Schau, Sabeth«, flüstert Ava. »Jetzt wird es spannend.«

»Das ist ja irre!«, entfährt es mir, als ich endlich auch das Buch sehen kann. Die Namen auf der aufgeschlagenen Seite verändern sekundenschnell ihre Position. Dort, wo eben noch Fiona gestanden hat, lese ich nun Hedda, kurz darauf Mela, schließlich Katara, Camilla, Amalia, Ylva, Anouk, Mealla, Selma, Agnes, Santana und schließlich Victoria. Nur den Namen Ava entdecke ich nicht.

»Schade«, sage ich leise.

»Warte ab«, flüstert Ava. Prompt purzeln die Namen wieder alle durcheinander.

Mit angehaltenem Atem beobachte ich, wie sich die Liste noch einmal verändert.

»Da bin ich ja!« Ava klatscht gut gelaunt in die Hände, als endlich wieder Ruhe auf der Buchseite eingekehrt ist. »Ganz am Anfang der Liste. Dann wäre das ja geklärt.«

»Wie genial ist das denn!«, rutscht es mir heraus. Und zwar viel zu laut, sodass es alle hören können.

Dafür fange ich mir einen strengen Blick von Omas Cousine Camilla ein. »Du findest es genial, dass die Schwester deiner Mutter von der Liste verschwunden ist?«

Mein Blick fliegt zu den Namen auf der Buchseite, danach zu Tante Fiona. »Das habe ich gar nicht bemerkt. Schade!« Das meine ich absolut ernst. Ich mag meine Tante. Lieber wäre mir gewesen, wenn die Kräuterhexe gestrichen worden wäre. Aber das sage ich natürlich nicht laut.

»Das macht doch nichts«, erklärt Tante Fiona. »Ehrlich gesagt, finde ich es schön, wenn ich einfach nur deine Tante bleiben darf.« Sie zwinkert mir zu. »Dann muss ich auch nicht mit dir schimpfen, wenn du nicht genügend lernst.«

Als ob Tante Fiona schimpfen würde! Ich werfe noch einen prüfenden Blick auf das Buch, in der Hoffnung, die Namen könnten sich ein weiteres Mal bewegen und der von Camilla würde verschwinden. Aber stattdessen klappt sich das Buch mit einem lauten Wumms von selbst zu.

»Das Buch hat entschieden«, sagt meine Mutter. »Ava, die Wasserhexe des nördlichen Meeres, gehört somit offiziell zum Hexenkreis. Ich denke allerdings, dass es in Ordnung wäre, wenn Fiona weiterhin als stille Beobachterin der Runde beiwohnt. Immerhin stand sie noch bis eben im Buch. Und außerdem ist sie meine Schwester.«

Ava ist die Erste, die darauf antwortet. »Das klingt fair. Ich hätte nichts dagegen.«

»Das wäre ja auch noch schöner«, schnaubt die Hexe, die eben schon gemeckert hat. Dabei verfärbt sich ihr durchsichtiger Edelstein in ein dunkles Grau und Donner grollt in der Ferne. Ich habe also recht gehabt – sie ist eine Wetterhexe.

»Lass gut sein, Mealla.« Tante Fiona legt ihre Hand auf den Arm der Wetterhexe. »Das Buch hat gesprochen. Und du weißt doch, es irrt sich nie. Ich freue mich darüber, dass Ava hier ist. Es bedeutet, dass meine Nichte etwas ganz Besonderes sein muss, wenn eine Wasserhexe ihretwegen die lange Reise auf sich genommen hat.«

Die steile Falte auf Meallas Stirn glättet sich. »Dass ihr Lichthexen aber auch immer so verdammt positiv denken müsst.« Sie seufzt. »Na, du hast ja recht. Das Buch hat entschieden.«

»Schön, Fiona bleibt also. Wir rücken einfach alle ein bisschen näher zusammen, dann ist Platz für alle«, bestimmt meine Mutter und wendet sich zu mir. »Holst du noch einen Stuhl für dich aus der Küche, Lizzy?« Sie schiebt meinen Ava hin. »Hier, bitte.«

Das lasse ich mir nicht zweimal sagen.

»Achtung, hier kommt Sabeth, die Wasserhexe«, flüstere ich, während ich in die Küche flitze.

3.

Als ich zurückkomme, sitzen all meine Hexentanten um den Tisch herum, futtern Kuchen und unterhalten sich. Ich stelle meinen Stuhl neben Avas und setze mich.

»Lecker!«, sagt sie. »Hast du den gebacken?«

Ich nicke und denke, dass es hier momentan zugeht wie bei einem stinknormalen Kaffeeklatsch, überhaupt nicht wie bei einem Hexenkreis. Von der Aufregung eben ist nichts mehr zu spüren. Alle wirken gut gelaunt, entspannt – und loben meine Backkünste.

»Der ist sehr lecker, Elisabeth«, sagt nun auch Camilla. Sie lächelt zum ersten Mal, seit sie hier ist, und sieht dabei sogar richtig freundlich aus.

»Danke.« Ich genehmige mir auch einen Bissen. Die Hexen haben recht. Der Kuchen schmeckt wirklich gut.

»Ich schmecke Zimt heraus.« Camilla schließt die Augen. »Und einen Hauch Tonkabohne. Du hast ein Händchen für Gewürze.«

Was für ein Zeug? Tonkabohne? Noch nie gehört! Das muss das kleine schwarze Ding gewesen sein, das ich in den Teig gerieben habe. Stina hat mir die Gewürze mitgegeben und genau erklärt, wie viel ich davon verwenden muss. Es schmeckt ein bisschen nach Marzipan, wie ich finde.

Camilla fährt fort: »Das hast du wirklich gut gemacht, Elisabeth.« Sie sieht mich an und deutet mit dem Kopf in die Hexenrunde. »Es hat funktioniert! Alle haben gute Laune. Die Tonkabohne hat ihre stimmungsaufhellende Wirkung voll entfaltet.«

Ach du Scheiße, schießt es mir durch den Kopf. Camilla denkt, ich hätte das absichtlich gemacht! Mein Blick wandert zu dem Buch auf dem Tisch. Es entscheidet am Ende der Hexenrunde, zu wem ich in die Ausbildung gehe. Überrascht reiße ich die Augen auf – es ist nicht mehr braun wie am Anfang! Es verfärbt sich … in der Farbe von Camillas Edelstein. Es wird tatsächlich grün!

»Das Rezept ist von meiner Freundin«, erkläre ich hastig. »Ich habe alles einfach so zusammengerührt, wie sie es mir aufgeschrieben hat.«

Camilla nickt. »Das gehört zu unseren Aufgaben. Wir mischen verschiedene Kräuter und Gewürze genau nach Rezept zusammen.« Sie setzt ein geheimnisvolles Gesicht auf. »Und ab und an geben wir die eine oder andere ganz spezielle Zutat hinzu.«

»Dann wäre meine Freundin bestimmt die ideale Kräuterhexe. Sie experimentiert nämlich sehr gerne in der Küche herum«, erwidere ich. »Im Gegensatz zu mir!«

»Wer hat denn hier was von Küche gesagt?«, kontert Camilla. »Eine Kräuterhexe arbeitet in ihrem Labor.«

»Das liegt mir auch nicht«, versichere ich schnell. »In Chemie bin ich dieses Jahr gerade so an einer Fünf vorbeigeschlittert.«

Das ist nicht gelogen. Chemie interessiert mich null die Bohne. Hätte meine Mutter beim Elternsprechtag nicht ihre positive Lichthexenenergie spielen lassen, würde jetzt ganz sicher eine fette Fünf auf meinem Zeugnis stehen. Manchmal hat es eben auch Vorteile, die Tochter einer Hexe zu sein.

Camilla runzelt die Stirn. »Darf ich deinen Aussagen entnehmen, dass du kein Interesse an der Ausbildung zur Kräuterhexe hast?«, fragt sie und sieht mich forschend an. »Wenn ja, sag es ruhig offen und ehrlich.«

Es ist plötzlich mucksmäuschenstill im Raum. Ich spüre Hitze in mir aufsteigen und vermute, dass ich gerade anlaufe wie eine rote Tomate. Und jetzt? Ich weiß, dass es eine Ehre ist, in der Hexenkunst ausgebildet zu werden. Und auch, dass ich nicht selbst entscheiden kann, welche Art von Hexe ich werde. Aber wenn ich die Wahl hätte …

Ich straffe die Schultern, setze mich etwas aufrechter hin und schaue Camilla direkt in die Augen, bevor ich erkläre: »Die Kräuterkunde steht nicht unbedingt an erster Stelle meiner Wunschliste, wenn ich es mal so sagen darf.«

Camilla mustert mich einen Moment mit ernstem Gesicht, bevor sie reagiert. »Ehrlichkeit ist was für starke Menschen. Die schwachen greifen zur Lüge«, erklärt sie – und lächelt. »Du gefällst mir, Elisabeth.«

Ich atme erleichtert auf. Dann wäre das Thema ja jetzt vom Tisch! Neugierig schiele ich zum Buch. Doch das sieht es anscheinend anders! Es läuft weiter grün an, nur das obere Drittel des Einbands ist noch braun. Ich seufze innerlich. Anscheinend hat Hedda recht: Omas Cousine hat hier das Sagen. Die anderen Hexen bemühen sich noch nicht einmal um mich. Niemand scheint meiner Großtante widersprechen zu wollen.

»Aus dir wird eines Tages eine sehr bedeutende Kräuterhexe werden«, sagt Camilla nun auch noch. »So wie deine Urgroßmutter Rosalia es schon war.«

Warum zählt denn hier überhaupt nicht, was ich möchte? An meine Uroma kann ich mich gar nicht erinnern. Ich war noch ein Baby, als sie starb. Aber ich weiß, dass sie in Hexenkreisen sehr anerkannt war. Ich fange den Blick meiner Oma auf und mir dämmert etwas: Als sie mir gesagt hat, sie fände es schön, wenn die alten Familientraditionen aufrechterhalten würden, meinte sie nicht sich, sondern meine Uroma!

»Deine Urgroßmutter hat Camilla nicht nur ausgebildet, mein Schatz«, erklärt Oma nun prompt. »Sie war auch ihre Patentante.« Na, super! Was soll ich darauf denn erwidern, ohne Oma zu enttäuschen?

Da räuspert sich Ava neben mir. »Ihr habt recht, Rosalia war eine bedeutende Hexe. Aber wusstet ihr eigentlich, dass der Name Vermeer, also der von Sabeths Vater, ebenfalls einem sehr alten Hexengeschlecht entstammt und Sabeth seit Jahrzehnten der erste weibliche Nachfahre ist, der daraus hervorgegangen ist?« Ava sieht mich direkt an. »Deine Ur-ur-ur-ur-urgroßmutter väterlicherseits war eine Wasserhexe, Sabeth, und zwar eine sehr mächtige. Da seither allerdings nur männliche Nachkommen aus der Linie hervorgegangen sind, geriet es in Hexenkreisen in Vergessenheit. Das Meer, Sabeth, vergisst jedoch nie.«

Es ist ganz still im Raum geworden. Ich merke, dass ich die Luft angehalten habe.

»Es verfärbt sich«, flüstert meine Mutter neben mir. »Das gibt es doch nicht!«

Mein Blick fliegt zum Buch. Es wechselt tatsächlich wieder seine Farbe! Dort, wo es eben noch braun war, wird es nun blau. Und es kommt mir so vor, als würde ich in der Ferne Wellen rauschen hören.

Niemand sagt ein Wort. Sogar Camilla schweigt. Ihr Blick ist, wie der meiner anderen Tanten, auf den Ledereinband des Buches gerichtet, auf dem sich die blaue Farbe langsam über der grünen ausbreitet.

Es ist Tante Fiona, die als erste ihre Sprache wiederfindet. »Das ist weder Grün noch Blau«, stellt sie fest. »Das ist Türkis.«

»Und was bedeutet das jetzt?«, frage ich meine Mutter, die richtig blass um die Nase geworden ist.

»Das weiß ich nicht.« Sie schüttelt den Kopf. »So etwas gab es noch nie, dass sich zwei Farben miteinander vermischen.«

Auch die anderen Hexen scheinen ratlos zu sein. Sie reden alle durcheinander.

»Für mich steht die Sache fest«, sagt Ava laut und deutlich. »Das Blau hat sich über das Grün gelegt. Das bedeutet, dass Sabeths Wasserhexenanlagen stärker sind als die einer Kräuterhexe.«

Camilla schüttelt den Kopf. »Das Blau hatte nicht die Kraft, das Grün komplett zu überdecken. Das heißt eindeutig, dass Elisabeths Anlagen zur Kräuterhexe ausgeprägter sind.«

»Das Buch hat allerdings Ava als 13. Hexe zugelassen. Das spricht vielleicht doch dafür, dass Lizzy zur Wasserhexenzunft gehören könnte«, überlegt Hedda laut.

»So ein Blödsinn«, ertönt es von der anderen Seite des Tisches. Mealla schaut grimmig in die Runde, wieder höre ich Donner in der Ferne grollen. »Wie hast du das gemacht, Ava? Welchen Zauber hast du angewendet?«

»Du meinst, ich hätte die Macht, das Buch mit meiner Hexenkunst auszutricksen?«, entgegnet Ava spöttisch. »Danke für das Kompliment.«

Jetzt geht es richtig zur Sache am Tisch. Meine lieben Hexentanten streiten mit roten Köpfen darüber, was das Buch sich dabei wohl gedacht haben mag. Keine kommt auf die Idee, mich zu fragen, was ich von der ganzen Sache halte.

»Na, ganz toll!«, murmele ich vor mich hin und gehe in die Küche. Dort steht auf dem Tisch der zweite Kuchen. Ich schnappe ihn mir, gehe zurück und stelle ihn samt Tablett mit einem Wumms auf den Tisch, direkt neben das Buch.

Sofort verstummen alle Tanten und schauen mich an.

»Hat ja eben schon mal geklappt mit dieser Tinkabohne. Vielleicht bekommt ihr bessere Laune, wenn ihr noch ein Stück Kuchen esst«, grummele ich, lasse mich auf meinen Stuhl plumpsen und verschränke die Arme vor der Brust.

»Tonka, nicht Tinka«, sagt Camilla lächelnd. »Du hast Tonkabohne in den Teig gerieben.«

Mein Blick schnellt zum Buch. Nicht, dass es sich jetzt sofort wieder grün verfärbt, nur weil ich ausnahmsweise mal mit Gewürzen rumhantiert habe! Aber das passiert glücklicherweise nicht.

»Vielleicht möchte das Buch ja, dass ich selbst entscheide, ob ich Kräuterhexe oder Wasserhexe werde«, sage ich mutig.

Doch alle Hexen schütteln einhellig ihre Köpfe. Ich seufze enttäuscht auf.

»Was, wenn meine Tochter beide Anlagen in sich trägt?«, fragt Mama, doch auch diesmal schütteln alle Hexen die Köpfe.

»Die Junghexe wird in die Obhut der Einen gegeben«, erklärt Camilla und steht von ihrem Platz auf. »So ist es seit uralten Zeiten, so wird es immer sein.« Sie beugt sich über den Tisch und legt ihre Hand flach auf das Buch. »Ich meine, Elisabeth sollte zur Kräuterhexe ausgebildet werden, wie ihre Urgroßmutter. Wie seht ihr das, meine Hexenschwestern? Stimmen wir ab!«

Die Wetterhexe ist die erste, die reagiert. Sie legt ihre Hand auf Camillas und sagt: »Elisabeth Aurora Vermeer wird eine sehr gute Kräuterhexe abgeben.«

Nach und nach legen nun auch die anderen Tanten ihre Hände übereinander auf das Buch. Alle stimmen für Camilla. Nur Santana nicht, sie ist die einzige, die sich die ganze Zeit über nicht gerührt hat. Ob sie für Ava ist?

»Nur eine Stimme für dich«, stellt Camilla fest und sieht Ava an. »Ich würde sagen, die Sache ist geklärt. Elisabeth wird Kräuterhexe, so wie es ihre Urgroßmutter schon war.«

Avas Augen funkeln. »Das habt ihr euch ja fein ausgedacht!«, ruft sie aus und wirft Camilla einen wütenden Blick zu. »Das wird ein Nachspiel haben!«

Sie umgreift den Edelstein an ihrer Halskette. Mein Herz klopft laut, als das Wasser in der Karaffe anfängt zu blubbern. Immer stärker, bis es überläuft und sich auf dem Tischtuch eine große Pfütze bildet. Schnell schaue ich wieder zu Ava, die nun ihre Augen schließt. Wind weht plötzlich durch die Wohnzimmertür und wirbelt Avas Haar auf. Die blonden Strähnen vermischen sich mit den blauen, sodass ihre Haare aussehen wie Meerwasserwellen. Fasziniert starre ich sie an.

Da öffnet Ava ihre Augen und sieht mich an. »Du fühlst es, oder?«, fragt sie leise und eindringlich. Rundherum ist es wieder mucksmäuschenstill geworden. »Kannst du das Meer rauschen hören, Sabeth?«

Ich stutze. Vorhin habe ich es gehört. Eindeutig. Aber jetzt? Ich schaue aus dem Fenster. Draußen hat sich schlagartig der Himmel bewölkt. Regen prasselt auf die Straße hinab – und auf einmal zieht der Duft des Kuchens in meine Nase.

»Es riecht nach Tonkabohne«, antworte ich zögernd. Und im nächsten Moment beiße ich mir auf die Zunge. Habe ich das gerade wirklich gesagt?

Ava lässt die Schultern sinken und seufzt tief auf. Ich könnte mich ohrfeigen! Sie holt etwas aus ihrer Hosentasche und streckt den Arm aus. Auf ihrer flachen Hand liegt ein hellblaues Steinchen von der Größe einer Haselnuss.

»Der ist für dich«, sagt sie. »Es ist ein Aquamarin. Er soll dich immer daran erinnern, wo deine wahren Wurzeln liegen.«

»Danke«, flüstere ich und nehme den Stein mit zitternden Fingern. Er fühlt sich glatt und kühl an. Ich umschließe ihn mit meiner Hand. Und ohne dass ich etwas dagegen machen kann, kullert plötzlich eine Träne über mein Gesicht. Ich spüre, wie sie über meine Wange bis zu meiner Oberlippe läuft. Ich fahre mit der Zunge darüber und denke, dass sie salzig schmeckt, so wie das Meer.

4.

Die Haustür fällt geräuschvoll ins Schloss. Ava ist verschwunden. Und die verlockende Aussicht, eine Wasserhexe zu werden, damit auch.

Meine Mutter legt den Arm um meine Schultern und sagt: »Warte mal ab, ich bin mir sicher, dass dir die Ausbildung bei Camilla sehr viel Spaß machen wird, wenn du dich erst einmal darauf eingelassen hast.«

Mein Bauch zieht sich zusammen. Ich will keine langweilige Kräuterhexe werden! Schon der Gedanke, dass ich die Herbstferien bei Camilla verbringen soll, gefällt mir nicht.

»Das war so was von unfair«, zische ich meiner Mutter zu und werfe einen bösen Blick in Richtung meiner Hexentanten. »Wenn ich das gewusst hätte, hätte ich irgendein Kraut in den Kuchen gemischt, das für ordentlich Durchfall sorgt!«

Meine Mutter lacht leise. »Die richtige Zusammensetzung dafür wirst du ja bald lernen.«

Ich stöhne auf. Statt Sabeth, der Wasserhexe, wird es also bald Elisabeth, die Kräuterhexe, geben. Das ist so ungerecht! Ich glaube, wenn das Buch sich eindeutig grün verfärbt hätte, wäre ich zwar auch traurig gewesen, doch ich hätte es akzeptiert. Aber es war eben nicht das Buch, es waren meine Tanten, die entschieden haben. Und die haben Ava keine Chance gegeben.

Ich öffne meine Faust und betrachte traurig den kleinen hellblauen Stein, der sich nun ganz warm anfühlt.

»Danke, meine lieben Schwestern«, sagt Camilla in diesem Moment.

Ich schaue auf. Meine Tanten haben ihre Hände zurückgezogen. Der Einband des Buches ist wieder braun. Und mein Name ist auch verschwunden.

»Das war unfair«, sage ich noch einmal, diesmal laut, sodass es alle hören können.

»Es war der einzig richtige Weg«, entgegnet Camilla. »Wir mussten eine Entscheidung im Sinne aller treffen.«

»Nur nicht in meinem Sinne! Aber das interessiert hier ja anscheinend niemanden«, motze ich. Am liebsten würde ich mich umdrehen und in mein Zimmer gehen. Dabei würde ich die Tür genauso zuknallen wie Ava eben.

»Ava hat dich doch gefragt, Elisabeth«, erwidert Camilla und lächelt. »Hast du eben das Meer rauschen hören oder den Duft von Tonkabohnen wahrgenommen?«

Mir klappt die Kinnlade runter. Ich kann doch

nichts dafür, dass mir vorhin plötzlich der blöde Marzipangeruch des Kuchens in die Nase gestiegen ist! Aber Camilla wartet meine Antwort gar nicht erst ab. Das Lächeln auf ihrem runzeligen Gesicht wird immer breiter. »Siehst du, damit hast du dir die Antwort selbst gegeben. In dir steckt mehr Kräuterhexe, als du wahrhaben willst.«

»Davon bin ich allerdings auch überzeugt, mein Kind«, mischt sich Oma ein. »Ich bin froh, dass du in die Fußstapfen deiner Urgroßmutter trittst und nicht in die von dieser Ursula.«

»Ursula?«, frage ich. Den Namen habe ich bisher noch nie gehört.

Eine steile Falte bildet sich zwischen Omas Augenbrauen. »Die Wasserhexe, von der Ava gesprochen hat. Sie war in der Tat sehr mächtig.«

»Mächtig und böse«, flüstert eine der Tanten leise, aber doch so laut, dass ich es hören kann.

Bevor ich nachfragen kann, schaltet sich Tante Fiona wieder ins Geschehen ein. »Ach, Lieschen, das wird schon!«, sagt sie und kommt strahlend auf mich zu. »Ich weiß, dass deine Mutter recht hat. Wenn du dich erst einmal darauf eingelassen hast, wird es dir ganz sicher viel Spaß machen. Camilla ist eine tolle Lehrerin. In ihrer Gärtnerei wird es dir gefallen.«

Gärtnerei? Auch das noch! Diesmal lasse ich mich nicht von Tante Fionas positiver Hexenenergie einlullen. »Für Pflanzen interessiere ich mich nicht! Bei mir gehen sowieso immer alle ein«, murre ich.

Ich soll die Herbstferien in einer Gärtnerei verbringen? So viel lieber hätte ich meine Zeit mit Ava verbracht, die irgendwo am Meer lebt!

»Es ist ganz allein deine Entscheidung, Elisabeth. Willst du eine Hexenausbildung oder nicht? Niemand kann dich zwingen«, erklärt Camilla, die dabei immer noch freundlich lächelt.

Diese falsche Schlange! Seitdem ich denken kann, freue ich mich auf meinen zwölften Geburtstag und darauf, endlich eine Hexe zu werden. Und jetzt muss ich mir plötzlich Gedanken darüber machen, ob ich das überhaupt noch will.

»Komm, gib dir einen Ruck«, sagt Tante Fiona leise neben mir. »Es ist wirklich schön bei Camilla. Sie wohnt in einem kleinen Dorf, nicht weit weg von hier, nur knappe hundert Kilometer. Wenn es dir gar nicht gefällt, hole ich dich ab, versprochen.«

Ich zögere noch. Aber auf alles verzichten? Kräuterhexe werden ist immer noch besser, als gar keine Hexe zu werden. Schließlich nicke ich und sage: »Okay.«

»Sehr gut!« Camilla klatscht in die Hände. »Dann würde ich vorschlagen, dass wir uns wieder den schönen Dingen widmen. Was hältst du davon, wenn ich dir jetzt dein Geschenk übergebe?«

»Okay«, antworte ich ein weiteres Mal, obwohl ich

nicht wirklich Lust dazu habe. Jede Junghexe bekommt nach der Entscheidung ein besonderes Geschenk von der Einen überreicht. Meine Mutter hat damals eine Phiole voll Glück geschenkt bekommen. Ein Tröpfchen davon reicht und alles wird wieder gut. Tante Fiona hat wunderschöne Sonnenkristallohrringe bekommen, die sie vor dunkler Macht schützen. Mir wäre lieber gewesen, wenn ich mein Hexengeschenk von einer Meerhexe, nicht von einer schrulligen alten Kräuterhexe bekommen würde. Wer weiß, mit was Camilla anrückt!

»Prima! Hilfst du mir tragen? Es steht draußen in meinem Lieferwagen. Ich habe es vorsorglich schon mal mitgebracht«, sagt sie doch tatsächlich.

Also war von vornherein klar, dass Camilla meine Ausbilderin wird, denke ich und werde langsam echt sauer. Ich nicke lustlos und folge meiner zukünftigen Ausbilderin nach draußen. Dabei sage ich kein Wort. Camilla jedoch auch nicht.

Ihren Lieferwagen sehe ich schon von Weitem. Er steht schräg gegenüber auf der anderen Straßenseite. Ich kneife die Augen zusammen gegen die heute ganz schön warme Herbstsonne. *Camillas Pflanzenwelt* prangt in großen grünen Buchstaben auf dem alten Transporter.

Ich befürchte das Schlimmste. Ganz sicher überreicht sie mir gleich eine dämliche Topfpflanze, denke ich und schaue mit den Händen in den Hosentaschen zu, wie sie die klapprigen Türen öffnet und in den Wagen klettert. Kurz darauf taucht sie wieder auf, schwer beladen – mit einer Pflanze. Wusste ich es doch!

»Das ist eine Bananenstaude«, sagt sie und hält mir mit ausgestreckten Armen ein Gewächs mit großen grünen Blättern entgegen. »Mit essbaren Minibananen. Die sind gut für die Nerven.«

Gut für die Nerven? Mein Hexengeschenk ist ein Beruhigungsmittel? Wie bescheuert ist das denn bitte schön? Innerlich verdrehe ich die Augen, während ich das Ungetüm entgegennehme und überlege, ob ich gleich auf der Stelle eins der krummen gelben Dinger verspeise, damit ich nicht hysterisch anfange zu lachen. Hier steht Elisabeth, die Kräuterhexe. In ihren Händen hält sie ihr Hexengeschenk, eine Minibananenstaude. Der Traum jeder Junghexe!

Zu allem Überfluss höre ich jetzt auch noch eine Fahrradklingel – und kurz darauf die fröhliche Stimme meiner besten Freundin, die mir ein Ständchen singt.

»Happy birthday to you, happy birthday to you …«

Oje. Wie soll ich Stina das alles erklären? Die blöde Pflanze, meine schlechte Laune und überhaupt …

»Das ist meine Freundin«, sage ich zu Camilla.

Und da bremst Stina auch schon dicht vor mir ab.

»Eine Minibananenstaude!«, ruft sie und klettert von ihrem Drahtesel. »Wie cool ist die denn.« Sie fällt mir um den Hals, sodass ich fast umkippe. »Alles Liebe zum Geburtstag, Lizzy Vermeer. Keine Sorge, ich weiß ja, dass du keine Zeit hast wegen deiner Tanten. Aber ich musste dir doch wenigstens kurz gratulieren kommen.« Sie rückt von mir ab und zeigt auf die Pflanze. »Die Bananen kann man essen, wusstest du das? Schmecken voll lecker, viel intensiver als normale.«

»Da hast du absolut recht!«, sagt Camilla, die von ihrem Lieferwagen zu uns runterschaut.

Ich seufze. War ja klar, dass Stina die olle Topfpflanze toll finden würde. Ihr ganzes Zimmer steht voll von den Dingern. Ich versuche ein Lächeln. »Danke, Stina! Das ist meine …« Ich zögere einen Moment. »Meine Großtante Camilla.«

Stina streckt brav ihre Hand aus. »Ich bin Stina, Lizzys beste Freundin und Lieblingsmensch Numero eins.«

»Schön, dich kennenzulernen, Stina.«

Meine Freundin greift nach vorne in ihren Fahrradkorb und strahlt über das ganze Gesicht, als sie mir eine pinke Geschenktüte überreicht. »Für dich! Mach auf!«

Ich ziehe das Band auf, schaue hinein und entdecke eine Tüte mit Lakritzschnecken und eine mit Gummibärchen.

»Das Hauptgeschenk steckt im Umschlag«, erklärt Stina.

Ich habe da schon so eine Ahnung … und werde nicht enttäuscht. »Ein Kinogutschein! Wie cool. Danke.«

»Nein – zwei Gutscheine«, sagt Stina. »Du kannst also jemanden mitnehmen. Am besten jemanden, der Lakritze mag.« Sie grinst. »So wie mich zum Beispiel.«

Ich umarme sie so fest, dass diesmal fast sie mit dem Rad umkippt. »Wir gehen natürlich zusammen.«

Vom Lieferwagen ertönt ein leises Lachen. »Das ist ein schönes Geschenk«, sagt Camilla.

Stina grinst frech. »Und ich war gar nicht egoistisch dabei, als ich es ausgesucht habe. Die Bananenstaude ist aber auch nicht schlecht.« Sie macht einen langen Hals. »Haben Sie noch mehr Pflanzen dabei?«

Vielleicht sind wir bei der Geburt vertauscht worden, überlege ich, verwerfe den Gedanken aber schnell wieder. Stina hat rote Haare und Locken, wie alle in ihrer Familie. Meine sind blond, wie die meines Vaters. Stina würde mit ihrem feurigen Haarschopf trotzdem eine verdammt gute Hexe abgeben, denke ich, als sie hinter Camilla in den Lieferwagen klettert, um ihre Schätze zu begutachten.

Da sehe ich aus den Augenwinkeln, dass sich in meiner Pflanze irgendetwas bewegt. Ob die Bananen ein Eigenleben führen? Ich kneife die Augen zusammen und schaue genauer hin – und entdecke ein dunkelrotes, stark behaartes Bein, das hinter einem der großen grünen Blätter zum Vorschein kommt.

»Shit!«, entfährt es mir. Beinahe lasse ich den Kübel fallen. Das Bein ist ungefähr so dick wie ein Schnürsenkel. Gänsehaut wandert meine Fußknöchel hinauf. In meiner Pflanze sitzt eine dicke fette Spinne! Ich halte den Atem an und beobachte, wie nach dem ersten jetzt auch ein zweites Bein und kurz darauf noch eins erscheint.

Normalerweise gehöre ich nicht zu denen, die um Spinnen einen riesigen Bogen machen, ich finde die Tierchen eigentlich ganz interessant mit ihren schön gesponnenen Netzen. So ein riesiges Exemplar habe ich jedoch noch nie gesehen, und die Haut an meinen Armen kribbelt, während ich fasziniert beobachte, wie nun ein viertes Bein auftaucht.

»Wer bist denn du?«, frage ich leise, woraufhin sich eines der Spinnenbeine bewegt, als würde es mir zuwinken. Ich muss lachen. »Komm ruhig raus, ich tu dir nichts«, locke ich mit sanfter Stimme.

Doch in dem Moment springt Stina aus dem Lieferwagen.

»Deine Tante will mir auch eine Staude schenken«, ruft sie vergnügt.

Ich schaue auf meine Pflanze. Die Spinnenbeine sind verschwunden.

»Was ist los?«, fragt Stina. »Du siehst aus, als hättest du ein Gespenst gesehen.«

Hinter den Bananen sitzt eine dicke fette Spinne,

will ich sagen. Aber irgendwie hat es mir die Sprache verschlagen.

»Deine Tante ist übrigens voll nett«, sagt Stina.

»Äh …« Ich muss mich ein paar Mal räuspern. »Findest du?«, frage ich endlich. Ich betrachte aufmerksam mein Hexengeschenk. Ob ich mir das mit der Spinne nur eingebildet habe?

»He!« Stina stupst mich sanft in die Seite. »Was ist denn los?«

Ich schüttele mich kurz, um mich zu sammeln. Aber mein Blick wandert automatisch wieder zur Pflanze.

»Die Bananen sind noch ganz schön klein«, sagt Stina. »Aber sie sehen toll aus.«

Ich nicke nur.

Stina mustert mich kritisch. »Ist wirklich alles in Ordnung mit dir?«

Genau deswegen ist Stina mein absoluter Lieblingsmensch. Sie spürt einfach, wenn irgendwas bei mir nicht stimmt.

»Ich steh nicht so auf Topfpflanzen«, lenke ich ab.

»Aber die kannst du wenigstens auffuttern, na ja, zumindest einen Teil davon. Was hast du denn noch geschenkt bekommen?«

»Einen Hängesessel, der so gemütlich ist, dass du nicht mehr rauswillst, wenn du einmal drinsitzt. Eine Kuscheldecke – und einen Gutschein für die Buchhandlung.«

»Ein Hängesessel, wie genial ist das denn! Passen da auch zwei rein?«, fragt Stina.

»Leider nein, aber wir können uns abwechseln, wenn du mich besuchst«, schlage ich vor.

Plötzlich ertönt ein Poltern aus dem Lieferwagen. Und danach ein Fluchen.

Meine Freundin dreht sich um und ruft: »Alles okay? Soll ich Ihnen nicht doch beim Tragen helfen, Frau Blumenthal?«

»Nein, das geht schon, Liebes«, ruft Camilla zurück. »Ich komme gleich.«

Liebes? Ich sag doch, hier muss eine Verwechslung vorliegen. Die beiden verstehen sich anscheinend blendend.

»Sie sucht noch irgendwas«, erklärt Stina leise. »Cooler Name übrigens für eine Gärtnerin, Camilla Blumenthal.«

Camillas Nachnamen kannte ich bisher gar nicht. Zumindest in dieser Sache hat Stina immerhin recht: Der Name passt wirklich gut zu einer Kräuterhexe.

»Deine Tante hat mir eben erzählt, dass du die Herbstferien bei ihr auf dem Land verbringst«, sagt Stina. »Bist du deswegen so komisch?«

»Ja«, antworte ich erleichtert. Das ist eine gute Erklärung! »Sie holt mich am Montag ab. Aber ich habe überhaupt keine Lust!« Das ist nicht gelogen.

»Vielleicht kann ich dich dort mal besuchen kommen«, schlägt Stina vor. »Die erste Woche bin ich ja noch zu Hause. Und ohne dich fällt mir hier die Decke auf den Kopf.«

»Das wäre echt mega.« Ich denke zwar, dass Camilla das nicht erlauben wird, aber einen Versuch ist es wert. Ich lächle schwach. »Am besten fragst *du* sie. Sie steht auf dich«, schlage ich taktisch klug vor. »Du interessierst dich für ihr Pflanzenzeugs. Das gefällt ihr.«

Prompt erscheint Camilla in der Tür des Lieferwagens. Ihr Haar ist zerzaust, ihr Gesicht leicht gerötet. »Ich habe noch zwei Bananenstauden gefunden, Stina. Magst du dir eine davon aussuchen? Sie stehen ganz hinten neben den Buchsbäumen.«

»Echt jetzt? Voll gerne. Danke schön!« Das lässt sich meine Freundin natürlich nicht zweimal sagen – schon ist sie wieder im Wageninnern verschwunden.

Camilla runzelt die Stirn. »Ich weiß nicht, ob du die richtige Pflanze erwischt hast«, sagt sie zu mir und klettert aus dem Wagen. »Du hast nicht zufällig …« Sie kommt mit zusammengekniffenen Augen näher, den Blick auf meine Pflanze geheftet. »… etwas Ungewöhnliches darin entdeckt?«

5.

Jetzt bin ich aber mal gespannt. Was könnte Camilla Ungewöhnliches in meiner Pflanze vermuten?

»Meinst du die Spinne?«, frage ich und kann mir ein fettes Grinsen nicht verkneifen. »Die hat sich hinter einem der Blätter versteckt.«

»Gott sei Dank!« Camilla atmet auf. »Ich dachte schon, sie hätte es sich anders überlegt.« Sie grinst zurück. »Und? Was sagst du? Gefällt sie dir?«

Gefallen? Eine Spinne??? Camilla ist echt schräg. Jedes andere Mädchen in meinem Alter wäre wahrscheinlich umgekippt vor Entsetzen!

»Bisher habe ich nur ihre langen Beine gesehen. Ein bisschen gruselig fand ich die aber schon, ehrlich gesagt«, gebe ich zu. Prompt läuft wieder etwas Gänsehaut über meine Arme.

Camillas Grinsen wird noch breiter. »Das hört Rasty gerne. Sie liebt es, Menschen zu erschrecken.«

Rasty? Ich werfe Camilla einen Blick von der Seite zu. Viele Hexen haben tierische Begleiter. Mit einer Spinne habe ich bei Camilla allerdings nicht gerechnet. Ihr hätte ich eher eine Miezekatze oder vielleicht noch einen Raben zugetraut. Aber eine riesige haarige Spinne?

»Was macht sie in meiner Pflanze? Ist sie dir abgehauen?«

»Ach, Rasty mag ihr Terrarium nicht besonders, sie ist es nicht gewohnt, eingesperrt zu sein. Viel lieber sitzt sie in der Staude. Das Terrarium habe ich nur mitgebracht, damit du sie reinsetzen kannst, wenn du mal Besuch hast. Es kommt bestimmt nicht gut an, wenn deine Freundinnen eine dicke Vogelspinne auf deinem Bett hocken sehen.«

Es dauert einen Moment, bis ich begreife, was Camilla da gerade gesagt hat. Die Spinne soll mir gehören?! Völlig fasziniert starre ich auf das grüne Blatt, an dem jetzt wieder ein haariges Bein vorbeiragt.

Doch bevor ich irgendetwas erwidern kann, zucke ich erschrocken zusammen, weil Stina einen schrillen Schrei loslässt. Meine Freundin steht in der Tür des Lieferwagens, ihre Bananenstaude unter den einen Arm geklemmt. Mit der freien Hand deutet sie auf meine Pflanze. »Da sitzt 'ne fette Spinne in deiner Staude!«, ruft sie.

»Ich weiß. Das ist Rasty«, erkläre ich ganz ruhig und versuche, nicht zu kichern.

»Du verarschst mich, oder?« Stina starrt mich mit aufgerissenen Augen an. »Das Ding ist riesig!«

»Das ist ein afrikanisches Vogelspinnenweibchen. Es

ist zahm«, erklärt Camilla. »Ich habe sie Elisabeth als He… äh, zum Geburtstag geschenkt.«

»Echt jetzt? Ist ja voll krass.« Stina stellt ihre Pflanze auf die Ladefläche, klettert vom Wagen und sieht mich schaudernd an. »Hast du sie schon auf der Hand gehalten?«

Ich schüttle den Kopf.

»Würde ich auch nicht machen.« Stina kommt näher. »Darf ich mal sehen?«

»Wenn du dich traust …«

Ich biege vorsichtig das Blatt zur Seite, hinter dem Rasty sich versteckt hat. Es ist ein gutes Gefühl, dass Stina jetzt neben mir steht. Immerhin bekommt man nicht jeden Tag eine Vogelspinne geschenkt. Und auch wenn ich nicht so ängstlich bin wie meine Freundin, ist mir doch ein bisschen mulmig zumute.

»Muah!«, machen Stina und ich gleichzeitig, als wir Rasty nun in voller Lebensgröße erblicken. Sie hat nicht nur schnürsenkeldicke Beine, sie hat auch einen fetten behaarten Körper.

»Ich finde sie irgendwie süß«, sagt Stina nach einer Weile. »Guck mal, Lizzy, die Haare kräuseln sich. Sie sieht aus wie ein kleines Schäfchen.«

Camilla neben uns lacht hell auf. »Ich finde eher, dass das nach Rasta-Locken aussieht. Deswegen habe ich sie Rasty getauft.«

»Stimmt«, sage ich, nachdem ich sie mir aus der

Nähe angeschaut habe. Am vorderen Teil des Körpers sehen die Haare aus, als hätte jemand sie zu vielen kleinen Zöpfen geflochten.

»Eine afrikanische Medizinfrau war letzte Woche zu Besuch bei mir und hat sie mir geschenkt«, erklärt Camilla. »Und da dachte ich mir, das müsste was für Elisabeth sein.«

»Die ist von einer Medizinfrau? Wie cool ist das denn!« Stina hängt mit ihrer Nase dicht über Rasty. Doch als die Spinne sich bewegt, springt meine Freundin laut quietschend zurück.

Camilla streckt ihre Hand aus und hält sie Rasty hin. »Komm her, meine Schöne.«

Als wäre es das Normalste der Welt, krabbelt die dicke haarige Spinne auf Camillas Hand und von da aus über ihren Arm bis auf die Schulter.

»Ich habe so was von Gänsehaut!«, flüstert Stina.

»Ich auch.« Und nicht nur das. Mein ganzer Körper kribbelt vor Aufregung!

Camilla lächelt über das ganze Gesicht. »Was haltet ihr davon, wenn wir zurück ins Haus gehen und Rasty zeigen, wo sie ab jetzt wohnen wird?« Sie wendet sich an Stina. »Dann kannst du auch probieren, wie der Kuchen schmeckt, den Elisabeth nach deiner Anleitung gebacken hat. Es ist bestimmt noch ein Stück da und er ist sehr gut geworden.«

»Gern.« Stina sieht mich mit glänzenden Augen an.

Es wundert mich, dass Camilla meine Freundin eingeladen hat – wo doch noch die anderen Hexen bei uns zu Hause rumsitzen. Auf der anderen Seite sind es für Stina ja nur ganz normale Tanten. Das wird schon gut gehen.

»Schön«, sagt Camilla. Sie setzt Rasty wieder in meine Bananenpflanze. »Dann würde ich vorschlagen, dass ihr beide eure Stauden tragt, und ich transportiere das Terrarium.«

»Das ist doch bestimmt total schwer«, meint Stina. »Sollen wir Ihnen helfen, es aus dem Wagen zu heben?«

»Ach was«, antwortet Camilla und zwinkert mir zu. »Geht ruhig schon mal vor, ich schaffe das allein.«

Genau in dem Moment biegt ein Auto um die Ecke und kommt viel zu schnell auf uns zugefahren. Es braust dicht an uns vorbei und hupt auch noch, weil wir auf der Straße stehen.

»Idiot«, rufe ich, »hier ist eine Dreißigzone!«

Da spüre ich plötzlich ein Kribbeln an der linken Seite meines Halses.

Mein Blick wandert von meiner Pflanze zu Camilla. Rasty ist nirgends zu sehen. Aber ich fühle etwas Flauschiges auf meiner Schulter. Rasty sitzt jetzt auf mir!

»Muah!«, macht Stina und schüttelt sich.

Gänsehaut kriecht über meinen ganzen Körper. Ich stehe still und merke, dass Rasty nun an meinem Nacken nach oben und schließlich auf meinen Kopf krabbelt.

»Sie hat sich erschreckt und sucht Schutz bei dir«, erklärt Camilla. »Sie weiß also schon, wo sie hingehört.«

Ich glaube zwar nicht, dass mein Pferdeschwanz ein sicherer Platz für eine afrikanische Vogelspinne ist, muss aber zugeben, dass mir gefällt, was Camilla da gerade gesagt hat.

»Alles ist gut, Rasty«, sage ich leise. »Das Auto ist weg.« Ich nehme all meinen Mut zusammen, hebe vorsichtig meine Hand an und halte sie so, dass Rasty hinaufklettern kann. Es kitzelt ein bisschen und fühlt sich im ersten Moment sehr gewöhnungsbedürftig an. Aber Angst habe ich keine.

»Wie cool bist du denn«, flüstert Stina neben mir. »Das ist dermaßen abgefahren!«

Ganz vorsichtig nehme ich meine Hand wieder herunter und halte sie so, dass ich Rasty sehen kann.

»Na du«, sage ich und fühle mich verdammt verwegen dabei. Auf meiner Hand hockt eine afrikanische Vogelspinne! Nein, auf meiner Hand hockt *meine* afrikanische Vogelspinne!

»Am besten setzt du Rasty jetzt erst einmal in das Terrarium«, schlägt Camilla nach einer Weile vor. Stina und ich drehen uns zu ihr um. Vor ihr steht eine Sackkarre mit dem Terrarium drauf. Stina reißt die Augen auf. Camilla grinst uns an. »Alles klar, ihr Schlafmützen? Na los, Elisabeth. Wir wollen doch nicht, dass deine Mutter sich erschreckt, wenn du mit einer Spinne auf der Schulter zur Tür reinspazierst.«

»Stimmt.« Jetzt bin ich diejenige, die grinsen muss. Meine Mutter mag keine Spinnen. Sie betont zwar immer wieder, dass bei uns zu Hause nicht ständig gehext werden soll, weil sie möchte, dass ich wie ein ganz normales Mädchen aufwachse. Bei Spinnen vergisst sie ihren Vorsatz jedoch. Wenn ihr eine über den Weg läuft, befördert sie sie mit einem Fingerschnips nach draußen in den Garten.

Vorsichtig setze ich Rasty im Terrarium ab. Sie verkriecht sich sofort in der Höhle, die dort in der Mitte eines dicken Astes für sie bereitsteht.

»Dann wollen wir mal!«, sagt Camilla, schiebt die Sackkarre an und steuert auf unser Haus zu.

Stina und ich folgen meiner Hexentante. Stina hat ihre Pflanze hinten auf den Gepäckträger ihres Rades geklemmt. Ich trage meine unter dem Arm. Mein Blick ist auf das Terrarium und die Höhle im Ast gerichtet. Aber Rasty lässt sich nicht mehr blicken. Die Straße ist holprig. Ab und an macht das Terrarium einen kleinen Hüpfer. Bestimmt geht es meiner Spinne gerade gar nicht gut. Sie wird froh sein, wenn wir zu Hause sind. Ich hoffe nur, dass meine Mutter nicht in Ohnmacht fällt, wenn sie mein achtbeiniges Hexengeschenk entdeckt – oder aus Versehen mit den Fingern schnipst und wir Rasty dann im Garten suchen dürfen.

»Ich wusste gar nicht, dass du so eine abgefahrene Tante hast«, flüstert meine Freundin mir zu. »Im ersten Moment habe ich mich ja ein bisschen vor ihr gefürchtet …« Sie wird noch etwas leiser, sodass ich sie kaum noch verstehe. »… weil sie, ehrlich gesagt, ein bisschen wie eine Hexe aussieht.«

»Finde ich auch«, flüstere ich zurück und versuche wieder mal, nicht zu grinsen. Stina hat sozusagen den Nagel auf den Kopf getroffen.

»Ihre Pflanzen sind übrigens der Wahnsinn«, tuschelt Stina weiter. »Da war eine dabei, die roch voll lecker nach Lakritze. Und eine fleischfressende habe ich auch entdeckt. Die sieht aus wie ein gefährlicher Alien mit einem riesigen Mund. Hast du die gesehen?« Stina schüttelt sich. »Also, ich würde meinen Finger nicht freiwillig in ihre Nähe halten.«

»Im Lieferwagen bin ich gar nicht gewesen«, gebe ich zu. Es hat mich bisher einfach nicht interessiert. Fleischfressende Alienpflanzen klingen allerdings schon irgendwie interessant. »Aber ich bin ja bald in der Gärtnerei. Dann schaue ich mir alles ganz genau an.«

»Hast du's gut!« Stina schweigt einen Moment. »Meinst du, ich soll wirklich fragen, ob ich dich besuchen darf?«

»Es wäre total schön, wenn du mitkommen könntest. Wir sollten es auf jeden Fall versuchen!« Und es würde mich nicht wundern, wenn doch Hexenblut in Stinas Adern fließen würde, denke ich. Sie kennt sich wirklich supergut aus mit Kräutern, Gewürzen und Pflanzen. Tausendmal besser als ich. Und sie würde sich ganz sicher blendend mit Camilla verstehen.

»Okay, dann frag ich sie gleich.« Meine Freundin zieht die Nase kraus, was ein eindeutiger Beweis dafür ist, dass sie nachdenkt. »Ich glaube, deine Tante ist ein ganz besonderer Mensch. Sie hat so was an sich …« Stina schüttelt den Kopf. »Ach, vergiss es, das war nur so ein Gefühl. Auf jeden Fall ist sie echt nett.«

Na ja, denke ich. Wie sie Ava und auch mich ausgetrickst hat, fand ich überhaupt nicht nett. Aber Stina ist so was von begeistert! Sie kriegt sich gar nicht mehr ein. So habe ich sie noch nie über einen Erwachsenen sprechen hören. Aber Camilla ist eine Hexe, überlege ich. Es würde zu ihr passen, wenn sie Stinas Meinung mit irgendeinem Pülverchen beeinflusst hätte. Und es würde mich nicht wundern, wenn das Zeug nach Lakritze geduftet hätte. Bei mir funktioniert das zum Glück nicht. Denn was für meine Mutter gilt, gilt auch für meine Ausbilderin: Ich bin sozusagen gegen sie immun.

Clever ist Camilla aber auf jeden Fall. Die letzten Minuten habe ich immerhin überhaupt nicht mehr an

Ava gedacht. Jetzt fühle ich den Stein allerdings wieder in meiner linken Hosentasche. So gern wäre ich eine Wasserhexe geworden! Ich seufze tief auf.

»Was ist los?«, fragt Stina.

»Ich kann nicht fassen, dass eben eine Vogelspinne in meinem Zopf gesessen hat«, flunkere ich.

Es ist schrecklich, dass ich Stina nicht einfach die Wahrheit sagen kann. Sie weiß sonst alles von mir! Und ich natürlich von ihr.

»Darf ich sie gleich auch mal auf die Hand nehmen?«, fragt Stina und reißt mich aus meinen Gedanken.

»Klar!«, antworte ich und werfe ihr wieder einen Blick zu. »Du bist ganz schön mutig.«

»Du aber auch.« Meine Freundin grinst mich an. »Dir ist klar, dass wir mit der Spinne der absolute Renner sein werden, wenn die anderen in der Klasse das mitbekommen, oder?« Sie räuspert sich. »Ich meine natürlich, dass *du* der absolute Renner sein wirst.«

»Wir!«, sage ich. »Du könntest Rastys Patentante werden.« Ich mustere meine Freundin. »Ihr habt übrigens fast die gleiche Haarfarbe.«

Stina strahlt mich an. »Ich werde Spinnentante! Das gefällt mir.«

Ein paar Sekunden später stehen wir schon vor der Haustür. Ich ziehe meinen Schlüssel heraus und schließe auf. »Mama, wir sind wieder da. Und wir haben Stina mitgebracht«, rufe ich, um meine Tanten vorzuwarnen. Nicht, dass eine von ihnen gerade eine kleine Vorführung ihrer Künste zum Besten gibt.

»Das ist prima! Hallo, Stina, was für eine schöne Überraschung«, sagt meine Mutter, als sie in den Flur kommt. Sie nickt mir zu. »Liebe Grüße von den anderen Tanten, Lizzy. Sie mussten kurzfristig weg, weil sie noch etwas zu erledigen hatten.« Meine Mutter stutzt, kneift die Augen zusammen und schüttelt den Kopf. Sie hat das Terrarium entdeckt, das hinter uns auf dem Boden steht. »Das ist nicht dein Ernst, Camilla!«

Meine Mutter beugt sich zu dem Glaskasten herunter. Rasty hebt eins ihrer haarigen Beine, als wollte sie uns zuwinken. Meine Mutter wird bleich.

»Sie ist zahm«, erkläre ich schnell. »Und sie heißt Rasty, weil sie süße kleine Flechtzöpfe hat.«

»Sie gehört zu deiner Tochter«, sagt Camilla. »Da bin ich mir ganz sicher.«

»Ich mir auch«, stimme ich zu. »Bitte, Mama. Ich möchte sie auf jeden Fall behalten.«

Meine Mutter schließt einen Moment die Augen, dann seufzt sie und sagt: »Es ist das Geschenk deiner Tante, wie könnte ich da Nein sagen.«

»Danke, Mama!« Ich falle ihr um den Hals. »Du bist die Beste!«

Meine Mutter schiebt mich ein Stückchen von sich weg. »Aber damit das klar ist: *Du* fütterst sie. Ich möchte damit nichts zu tun haben!«

Daran habe ich noch überhaupt nicht gedacht. Ich drehe mich zu Camilla um. »Was frisst sie denn so?«

Es ist jedoch nicht meine Tante, sondern Stina, die mir antwortet: »Heuschrecken, fette Würmer, jede Art von Insekten und sogar kleine Nagetiere.« Sie hält mir ihr Smartphone unter die Nase. »Hab ich gerade nachgeguckt.«

»Oh«, sage ich. »Krass.«

»Ich helfe dir«, erklärt meine Freundin. Sie wendet sich an meine Mutter. »Ich bin nämlich Rastys Patentante.«

6.

Es ist noch ein ganzer Kuchen da, obwohl meine Tanten vorhin auch den zweiten komplett aufgefuttert haben. Von wegen, bei uns zu Hause wird nicht gehext!

»Den hast du super hinbekommen«, sagt Stina und wischt sich einen Krümel aus dem Mundwinkel.

»Aber nur wegen deiner genauen Anleitung. Das Rezept ist genial einfach.« Ich schiele zu Camilla, die mit meiner Mutter nebenan in der Küche steht. »Übrigens war es eine gute Idee von dir, Tonkabohne mit in den Teig zu mischen«, sage ich extra laut. »Meine Tanten waren alle begeistert.«

»Das ist wirklich ein tolles Gewürz«, erklärt meine Freundin mit wichtigem Gesicht. »Man darf nur nicht zu viel nehmen, sonst kann es zu Nebenwirkungen führen.«

Wieder schiele ich rüber zu Camilla. Ich hoffe, sie hat gehört, wer hier die eigentliche Kräuterhexe ist. Doch Camilla und meine Mutter sind so vertieft in ihr Gespräch, dass sie uns gar nicht weiter beachten. Meine Großtante hat jetzt schon zum dritten Mal hintereinander den Kopf geschüttelt. Und meine Mutter zuckt mit den Schultern, als wäre sie ratlos. Irgendwas geht da vor sich.

Und das bekommt auch Stina mit. »Sieht nach einem kleinen Krisengespräch aus«, flüstert sie. »Hoffentlich darfst du Rasty behalten.«

Ich denke eher nicht, dass es da gerade um meine Spinne geht. Es wird bestimmt irgendwas damit zu tun haben, dass alle meine Tanten ganz plötzlich verschwunden sind, sogar Tante Fiona. Es passt so gar nicht zu ihr, dass sie sich nicht von mir verabschiedet hat.

»Das hoffe ich auch.« Ich grinse breit. »Sollen wir in mein Zimmer gehen und Rasty mal aus dem Terrarium holen?«

Stina ist sofort Feuer und Flamme. »Wir könnten ein Fotoshooting mit ihr machen«, schlägt sie vor. »Als sie vorhin in deinem Zopf saß, sah sie aus wie eine überdimensionale Haarspange.«

»Uuuh, ich weiß nicht. Bei mir hat alles gekribbelt, als sie an mir hochgeklettert ist.« Ich grinse Stina schief an. »Wir könnten sie ja mal auf *deinen* Kopf setzen. Ihr passt farblich super zusammen.«

Stina streckt ihren Arm aus und hält ihn mir vor die Nase. »Allein bei dem Gedanken daran bekomme ich Gänsehaut.« Sie überlegt einen Moment. »Meinst du, sie kann beißen?«

Da bin ich mir sogar sicher, allerdings nicht mich,

sonst hätte Camilla sie mir nicht geschenkt. Und das gilt bestimmt auch für Stina. Glaube ich zumindest.

»Camilla hat gesagt, sie sei zahm.« Ich deute mit dem Kopf in die Küche, wo meine Mutter und Camilla immer noch miteinander tuscheln. »Ich frage gleich noch mal nach.«

Stina nickt und schlägt sich im nächsten Moment vor die Stirn. »Mist, ich hab in der ganzen Aufregung vergessen, mein Rad abzuschließen.« Sie springt auf. »Bin gleich wieder da.«

Ich nutze die Gelegenheit und gehe in die Küche. »Was ist denn los, Mama? Warum sind die Tanten alle so plötzlich weg? Und warum macht ihr so ernste Gesichter?«, frage ich.

»Ava hat sich beim Hexenrat über dein Auswahlverfahren beschwert. Sie hat um eine Überprüfung und offiziell um deine Ausbildung als Wasserhexe gebeten.« Meine Mutter schüttelt den Kopf. »So etwas gab es bisher noch nicht. Noch nie wurde eine Entscheidung im Rahmen eines Hexenkreises infrage gestellt.«

Meine Hand wandert automatisch zu dem Stein in meiner Hosentasche. »Und jetzt? Was bedeutet das?«

»Das bedeutet, dass ich nun leider auch ganz schnell losmuss«, sagt Camilla, »was ich sehr bedaure, denn ich hätte gern noch etwas Zeit mir dir und deiner außerordentlich sympathischen Freundin verbracht.« Sie tätschelt meine Wange. »Aber mach dir keine Sorgen,

Elisabeth, deine Ausbildung wird pünktlich beginnen. Eine von uns beiden, und ich gehe stark davon aus, das werde ich sein, holt dich am Montag ab.« Sie wirft meiner Mutter einen Blick zu. »Ich denke mal, dass der Hexenrat die Beschwerde spätestens dann abweist, wenn ich vorgesprochen habe.«

»Das hoffe ich.«

Ich nicht, denke ich und werde rot, als Camilla sagt: »Du weißt schon, dass ich dir deine Gedanken an der Nasenspitze ablesen kann, Elisabeth?«

Auch das noch! »Du kannst Gedanken lesen? Echt jetzt?«

Camilla lacht hell auf. »Nein, zumindest nicht auf Hexenart, wenn du das meinst. Aber dein Gesichtsausdruck sprach eben Bände. Ich kann verstehen, dass es dich zu Ava zieht. Sie ist eine faszinierende Erscheinung. Aber bedenke, dass nicht immer alles Gold ist, was glänzt.« Sie wendet sich an meine Mutter. »Bist du so gut und klärst deine Tochter über die Besonderheiten bezüglich Rasty auf, Aurora? Ich muss mich jetzt sputen.«

»Natürlich. Das übernehme ich gern. Mach dich auf den Weg.« Meine Mutter nickt Camilla zu. »Und viel Glück!«

Camilla lächelt mich an. »Bis bald, Elisabeth.«

»Welche Besonderheiten, Mama? Was meint sie?«, frage ich, während ich beobachte, wie Camilla auf der Straße noch kurz mit Stina spricht.

»Das bereden wir heute Abend ganz in Ruhe«, antwortet meine Mutter und lächelt geheimnisvoll.

»Boah, Mama!«

Meine Mutter drückt mir einen Kuss auf die Wange. »Geduld, Lizzy Aurora Vermeer, Geduld.«

»Na gut.« Ich habe ja keine andere Wahl, denn da kommt Stina auch schon wieder herein. Sie strahlt von einem Ohr bis zum anderen.

»Ich hab sie gefragt! Deine Tante hat Ja gesagt!«, platzt es aus ihr heraus.

»In echt?«

»Ja! Sie hat gesagt, sie müsse nur noch vorher was klären. Aber wenn alles gut geht und du zu ihr kommen kannst, darf ich dich die ersten Tage begleiten. Sie nimmt mich mit, wenn sie dich abholt.« Sie klatscht in die Hände vor Freude. »Das wird mega! Sie hat mir erzählt, dass du ihr helfen sollst, weil sie so viel zu tun hat. Und da habe ich vorgeschlagen, dass ich ja auch ein bisschen mit anpacken könnte. Sie fand die Idee toll. Ich darf euch helfen, wenn ihr Kräutertinkturen herstellt.«

Ich brauche einen Moment, bis ich verdaut habe, was Stina da gerade vom Stapel gelassen hat. Meine Großtante erlaubt, dass eine Nicht-Hexe bei meiner

Hexenausbildung dabei sein darf?! Ich frage mich, wie Camilla es wohl anstellen will, dass Stina nichts davon mitbekommt.

Auch meine Mutter wirkt überrascht. Das merke ich daran, dass sie ihre Nasenflügel leicht nach oben zieht. Aber sie hat sich schnell wieder gefasst. »Das freut mich für euch. Dann hoffen wir mal, dass Camilla alles klären kann. Und dass deine Eltern es auch erlauben, Stina.« Sie sieht mich an. »Oder, Lizzy?«

»Auf jeden Fall.« Wie könnte ich da etwas anderes sagen? Mit Stina ist alles weniger öde, selbst eine Ausbildung zur Kräuterhexe. Wenn das mal nicht genau Camillas Hintergedanke war …

Wenig später hat Stina es sich in meinem neuen Hängesessel bequem gemacht, den meine Mutter heute Morgen gleich angebracht hat. Dabei habe ich mehrmals ein Fingerschnippen gehört!

»Der ist mega! Schade, dass ich in meinem Zimmer nicht genügend Platz habe«, sagt Stina und schaukelt hin und her.

»Du darfst immer drin sitzen, wenn du bei mir bist.« Ich hocke mich im Schneidersitz auf den Fußboden und schaue hoch zu meiner Freundin. »Was hat Camilla denn vorhin noch so gesagt?«

»So wie ich das verstanden habe, möchte sie Medizin für ihre Hausapotheke herstellen. Mit Kräutern und so. Sie hofft, dass mein Interesse an Pflanzen auf dich abfärbt, wenn ich mitkomme. Keine Ahnung, warum sie dich unbedingt dafür begeistern will.« Stina stützt den Kopf auf dem Ellbogen auf und sieht mich nachdenklich an. »Du hast noch nie von deiner Tante erzählt.«

»Weil ich sie bisher selbst nicht kannte. Genau genommen ist sie meine Großtante, eine Cousine meiner Oma. Die hat sie heute zu meinem Geburtstag mitgebracht.« Das ist immerhin nicht gelogen.

»Hm«, macht Stina und mustert mich. »Du hast sie jetzt erst kennengelernt und sollst dann gleich die Herbstferien bei ihr verbringen? In einer Gärtnerei? Obwohl du dich doch absolut nicht dafür interessierst?«

Ich nicke und beiße mir auf die Unterlippe. Stina ist echt clever. Sie spürt, dass da was nicht stimmt. »Ich kann es mir auch nicht erklären!«, sage ich hilflos.

»Hast du irgendwas angestellt?«

Ich schüttle den Kopf. »Nein, das hätte ich dir doch erzählt.«

Stinas Hirn arbeitet offensichtlich auf Hochtouren. Ihre Stirn ist gerunzelt. Schließlich sagt sie: »Vielleicht ist sie einsam. Offenbar hat sie sonst niemanden, der ihr hilft.«

»Das könnte sein.« Eventuell ist da ja sogar wirklich was dran?

Stina zuckt mit den Schultern und sagt: »Ist ja auch egal. Das wird eine tolle Zeit, wirst sehen. Meine Eltern erlauben bestimmt, dass ich mitkomme.« Ein Grinsen breitet sich in ihrem Gesicht aus. »Übrigens, deine Tante hat auch gesagt, dass Rasty nicht beißt. Und dass sie nicht abhaut, wenn wir sie aus dem Terrarium nehmen. Sie ist zahm wie ein Haustier! Was ist? Holen wir sie raus?«

»Klar!«

Das Terrarium haben wir vorhin gemeinsam hoch in mein Zimmer getragen und auf die Kommode gewuchtet. Ich hatte ja gehofft, dass Camilla uns das mit irgendeinem Trick ersparen würde, aber sie hatte wohl nur noch den Hexenrat im Sinn. Rasty hat unsere Schlepperei jedenfalls auch nicht gefallen. Sie ist ganz aufgeregt auf dem Ast hin und her gelaufen, bis wir das Terrarium abgesetzt haben.

Übrigens bin ich mir total sicher, dass die Schiebetür die ganze Zeit über geschlossen war. Aber nun stehen Stina und ich davor und können nicht fassen, dass sie offen ist.

»Shit!«, entfährt es mir. »Von wegen, die geht nicht stiften.«

Stina schiebt die Scheibe mit dem Zeigefinger noch etwas weiter auf. »Die bewegt sich fast wie von selbst.

Bestimmt ist sie von allein aufgegangen. Vielleicht ist Rasty ja gar nicht abgehauen, vielleicht versteckt sie sich nur in der Höhle und traut sich nicht raus.«

»Könnte sein.« Ich halte meine Hand vor den Ast. »He, meine Kleine, bist du da?«, frage ich mit sanfter Stimme. Genau in dem Moment spüre ich, wie etwas sehr flink an meinem Bein nach oben krabbelt. Ich ziehe meine Hand zurück, atme tief durch und bleibe so ruhig wie möglich stehen.

»Voll krass!«, sagt Stina, als sie sieht, dass Rasty nun auf meiner Schulter angekommen ist und von dort weiterkrabbelt – bis auf meinen Pferdeschwanz. »Die sieht echt aus wie eine Haarspange«, sagt sie und zückt ihr Handy. »Warte, ich mache ein Foto, dann kannst du es dir selbst ansehen.«

»Okay.«

Kurz darauf hält Stina mir das Bild hin. »Guck! Das ist keine Vogelspinne, das ist eine Vogelspange!«

Ich muss kichern. »Sieht schon ein bisschen gruselig aus.« Meinen Pferdeschwanz binde ich immer relativ weit oben am Kopf. Dort, wo man normalerweise das Haargummi sehen würde, sitzt im Moment ein dicker, sehr haariger rotbrauner Spinnenkörper. Ihre acht Beine hat Rasty um meinen Zopf herumgelegt, als wäre sie wirklich eine Spange, die mein Haar zusammenhalten will. Ich zoome den Ausschnitt etwas größer und schaue genau hin. »Die hat ganz schön viele Augen.«

»Zehn«, erklärt Stina. »Die beiden Hauptaugen nehmen Farben, die anderen die Bewegungen wahr.«

»Was du so alles weißt.« Stina hat ja schon fleißig recherchiert! Noch einmal betrachte ich das Foto. Dabei werde ich das Gefühl nicht los, dass Rasty mich vom Foto aus anlächelt.

7.

»Meldest du dich gleich, wenn du deine Eltern gefragt hast?«

»Sofort.«

Stina steigt auf ihr Fahrrad, fährt los, klingelt zweimal und winkt. Dann ist sie auch schon um den Häuserblock verschwunden. Sie wohnt nicht weit von mir entfernt. Bis nach Hause braucht sie drei bis vier Minuten, je nachdem, wie schnell sie fährt. Dann noch mal zwei Minuten, um das Rad in die Garage zu stellen. In ungefähr fünf Minuten dürfte sie also zu ihren Eltern ins Wohnzimmer stürzen, die dort sicher schon am gedeckten Tisch sitzen und mit dem Essen auf sie warten. Bei Familie Hambücker wird jeden Abend pünktlich um halb sieben gegessen. Stina ist also jetzt schon drei Minuten zu spät. Bei unserer Fotosession mit Rasty haben wir beide die Zeit vergessen. Hätte meine Mutter Stina eben nicht dran erinnert, dass sie nach Hause fahren muss, würden wir jetzt immer noch im Schneidersitz auf dem Boden sitzen und uns gegenseitig fotografieren. Mein Lieblingsschnappschuss ist der, bei dem Rasty es sich in Stinas lockigem Haar bequem gemacht hat und dabei die beiden vorderen Beine hebt. Das sieht so aus, als hätte Stina kleine Teufelshörnchen auf dem Kopf sitzen. Erst bei genauerem Hinschauen sieht man, dass es eine Vogelspinne ist.

Ich gehe durch den Vorgarten zurück ins Haus zu meiner Mutter, die in der Küche die Spülmaschine ausräumt.

»Papa hat gerade angerufen und gefragt, ob die Luft rein und der Hexenzauber vorbei ist. In einer Viertelstunde ist er da. Er ist gerade bei Pepe und wartet auf unsere Pizza.«

Ich muss lachen. Mein Vater hat sich heute Mittag schon mit einem Freund verabredet und den Samstag mit Sport und in der Sauna verbracht. Normale Menschen haben bei einem Hexenkreis nichts zu suchen, auch wenn es Verwandte sind.

»Kannst du nicht heute zur Feier des Tages mal ein bisschen hexen und sich das Geschirr selbst wegräumen lassen?«, frage ich. »Immerhin ist heute mein Geburtstag – sogar mein zwölfter!«

Meine Mutter drückt mir zwei Gläser in die Hand. »Im Haushalt wird nicht gehext!«

»Och, Mama, komm schon! Ich bin doch jetzt eine Junghexe in Ausbildung!«

»Okay, meine lieben Schranktüren«, sagt meine Mutter lächelnd. »Seid doch bitte so nett, öffnet euch für meine Tochter und heißt sie als Hexe willkommen.«

»Haha«, mache ich. »Sehr komisch.«

Meine Mutter lächelt schelmisch, schließt kurz die Augen und schnippt zweimal mit den Fingern. Daraufhin springen alle Schranktüren auf einmal auf und wieder zu. Die Spülmaschine ist plötzlich leer. Und der Tisch ist auch schon gedeckt.

»Danke schön.« Ich strahle sie an, räume noch die beiden Gläser in den Schrank, die ich wohl zu fest gehalten habe, und frage: »Hast du eigentlich gewusst, dass Papa auch Hexenvorfahren hat?«

»Nein. Das ist mir neu. Und ich bin mir sicher, er weiß ebenfalls nichts davon.« Meine Mutter schüttelt den Kopf. »Wenn Ava überhaupt recht hat mit ihrer Behauptung. Aber das ist ja schon so viele Generationen her, dass es auch einfach in Vergessenheit geraten sein kann. Ursula wurde damals verbannt, soweit ich weiß. Da wurde bestimmt auch ein Verschleierungsspruch über die ganze Sache gelegt.«

»Was hat sie denn verbrochen?«

»So ganz genau weiß ich das auch nicht. Es ging um einen Streit mit einer Kräuterhexe namens Gundula, der sie ihr Buch entwendet haben soll. Soweit ich gehört habe, hat es Ursula nicht gereicht, einfach nur eine Wasserhexe zu sein. Sie wollte ihre Macht vergrößern und sich die Fähigkeiten einer zweiten Hexenkunst aneignen.« Meine Mutter schüttelt den Kopf. »So was kann ja nicht gut gehen. Aber das ist

Ewigkeiten her. Ich glaube, niemand kann sich heute noch genau daran erinnern.«

»Sagst du es Papa?«

»Natürlich.« Meine Mutter zwinkert mir zu. »Wer weiß, vielleicht schlummern ja doch verborgene magische Talente in deinem Vater.«

Jetzt muss ich laut lachen. Männliche Nachfahren von Hexen können manchmal ihre Gestalt ändern. Dass mein Vater nachts als Werwolf durch die Gegend zieht, kann ich mir allerdings nicht vorstellen. »Papa ist so was von normal!«

Mein Vater ist Lehrer am Gymnasium und unterrichtet Mathe und Geschichte. Meine Mutter hat mir mal erzählt, dass sie immer ehrlich zu ihm gewesen ist und ihm von Anfang an erzählt hat, sie sei eine Hexe. Mein Vater hat es aber lange Zeit nicht geglaubt – bis er Oma und ein paar der Tanten kennengelernt hat. Bei der Vorführung, die sie extra für ihn abgehalten haben, wäre ich gern dabei gewesen. Aber da war ich leider noch nicht auf der Welt. Meine Mutter hat mir erzählt, dass eine Wetterhexe damals eine Wolke in sein Arbeitszimmer gerufen und es über seinem Schreibtisch auf einen Stapel Klassenarbeiten schneien lassen hat – bis mein Vater eingesehen hat, dass es dafür keine wissenschaftliche Erklärung gibt. Seitdem glaubt er daran. Na ja, zumindest daran, dass es Dinge gibt, die man nicht erklären kann, wie er immer so schön sagt.

Ich schaue meine Mutter an. »Irgendwie ist es doch komisch, dass Papa auf einmal auch Hexenvorfahren hat. Und dass Ava hier aufgetaucht ist. Oder?«

»Finde ich auch.« Meine Mutter seufzt. »Was für ein aufregender Tag!« Sie zeigt auf einen kleinen verschlossenen Korb, der auf der Arbeitsplatte steht. »Den hat Camilla übrigens für dich dagelassen. Darin findest du das Futter für Rasty. Sie bekommt jeden Tag eine.«

Stimmt, füttern muss ich die Dame ja auch noch! Moment mal. Rasty bekommt jeden Tag eine ... eine was? Etwa eine Heuschrecke, eine Maus ...? Es gruselt mich, wenn ich an Stinas Aufzählung denke. Aber gleichzeitig bin ich auch immer noch fasziniert.

»Ich füttere sie, wenn wir zu Abend gegessen haben«, sage ich und finde es taktisch sehr klug von mir, dass ich erst selbst meine Pizza verspeise. Nicht, dass mir der Appetit vergeht, wenn ich zusehe, wie meine Spinne irgendwelche anderen Tiere zerlegt. »Was hat Camilla denn noch über Rasty gesagt? Sie hat vorhin von Besonderheiten gesprochen.« Immerhin ist es mein Hexengeschenk. Irgendwas muss das Tierchen ja draufhaben.

»Ach so. Deine Spinne hat ein bisschen Heimweh. Nach Afrika. Sie schläft nachts deshalb nicht gern allein.« Meine Mutter kann sich ein Grinsen nicht verkneifen und deutet hinter sich auf die Arbeitsplatte. »Neben dem Korb liegt ein Kuscheldeckchen. Das hat die Medizinfrau für Rasty dagelassen – ohne das kann sie nicht einschlafen.«

Mir klappt die Kinnlade runter. Dann wird mir klar, dass Camilla das nicht ernst meinen kann. »Der war gut. Netter Versuch«, sage ich. Eine Spinne mit Kuscheldeckchen! Ich muss kichern.

Doch meine Mutter schüttelt den Kopf. »Das war kein Scherz, Lizzy. Das Deckchen liegt neben dem Korb. Schau selbst.«

Ich trete näher. Tatsächlich! Ich hebe ein kleines dunkelgrünes Deckchen hoch, auf das mit lilafarbenem Garn ein paar Sterne gestickt sind.

Meine Mutter lacht, als sie mein Gesicht sieht. »Was hast du erwartet? Es ist ein Hexengeschenk. Dass es nicht normal sein würde, war doch klar.«

»Puh!«, mache ich und lege das Deckchen wieder neben den Korb.

Das ist ja alles total verrückt! Jetzt wünsche ich mir Stina zurück. Mit ihr fühle ich mich sicherer. Ich nehme all meinen Mut zusammen, hebe den Deckel des Körbchens etwas an und schaue vorsichtig hinein. »Das sind ja Kartoffeln!«, rufe ich, erstaunt und erleichtert gleichzeitig.

Meine Mutter lacht wieder. »Wie gesagt, was hast du erwartet? Es ist ein Hexengeschenk. Camilla hat die Knollen extra für Rasty gezüchtet. Sie enthalten alles an Nährstoffen, was deine Spinne braucht. Du sollst sie allerdings nicht einfach ins Terrarium legen, sondern möglichst reinrollen, damit Rasty das Gefühl hat, die Kartoffel lebt noch.«

Ich schaue skeptisch zu meiner Mutter. Aber sie wirkt nicht so, als würde sie mich gerade auf den Arm nehmen wollen.

»Probier es doch einfach aus«, sagt sie.

»Okay.« Ich nehme eine Kartoffel aus dem Korb. »Sind die etwa schon gekocht?«

»Ja«, sagt Mama. »Sie reichen bis Montag. Camilla zeigt dir dann, wie du sie zubereiten musst, wenn du bei ihr bist.«

In diesem Moment höre ich, dass oben in meinem Zimmer mein Handy klingelt.

»Das ist Stina.«

»Geh ruhig.« Meine Mutter lächelt mir zu. »Aber komm runter, sobald Papa mit der Pizza da ist.«

Ich nicke und laufe schnell die Treppe hinauf. Die Kartoffel habe ich immer noch in der Hand.

Als ich in meinem Zimmer ankomme, verstummt das Handy. »War ja klar!« Ich schnappe mir das Telefon und drücke die Schnellwahltaste für Stina.

Nur zwei Sekunden später sagt sie: »Ich darf! Meine Eltern haben nichts dagegen. Sie wollen nur vorher noch mit deinen sprechen, ob das wirklich okay ist für deine Tante und so weiter.«

»Perfekt!«

»Finde ich auch«, stimmt Stina zu. »Das wird gut. Ich freu mich voll.«

»Ich mich auch.«

»Was machen wir mit Rasty? Nimmst du sie mit? Ich kann immer noch nicht fassen, dass du jetzt eine Vogelspinne hast.«

»Klar nehmen wir die mit. Denkst du, dass meine Mutter sich um sie kümmern will? Außerdem soll sie sich ja an mich gewöhnen.« Ich gehe zum Terrarium. Die Schiebetür steht auch diesmal wieder offen, obwohl ich sie vorhin zugeschoben und extra überprüft habe, ob sie richtig festsitzt. Aber immerhin ist Rasty diesmal nicht abgehauen, sie sitzt oben auf dem Ast und sieht mich an. Glaube ich zumindest. Ich betrachte die Kartoffel in meiner Hand. »Warte kurz, ich gebe ihr was zu futtern.« Ich muss Stinas Beistand nutzen – auch wenn es nur per Telefon ist!

»Was denn?«, fragt Stina, aber da rolle ich die Kartoffel schon mit leichtem Schwung ins Terrarium.

Im selben Moment entfährt mir ein lautes »Ach du dickes Ei!«.

»Was? Was ist denn?«, ruft Stina.

»Rasty hat sich wie eine Verrückte auf die Kartoffel gestürzt«, sage ich. »Jetzt sitzt sie drauf und geht nicht mehr runter.«

Stina gibt ein leises Hüsteln von sich. »Ich will ja echt nicht klugscheißern oder so. Aber Vogelspinnen fressen keine Kartoffeln, wenn ich das mal so sagen darf.«

»Meine schon«, entgegne ich. Stina wird es sowieso bald mitbekommen. Da brauche ich ihr gar nicht erst etwas vorzuflunkern. »Es ist eine spezielle Kartoffelsorte. Camilla hat sie extra für Rasty gezüchtet.«

»Is klar, Kartoffeln mit Mäuse- oder Heuschreckengeschmack bestimmt.« Stina kichert. »Vielleicht kann deine Tante auch welche züchten, die nach Lakritze schmecken. Extra für mich.«

»Könnte sein. Wer weiß …«, sage ich.

»Du meinst das tatsächlich ernst, oder?« Stina schweigt einen Moment. »Ich weiß ja nicht, was da gerade bei euch abgeht. Erst taucht eine Tante auf, von der ich noch nie gehört habe. Dann bekommst du eine Spinne geschenkt, die du behalten darfst, obwohl deine Mutter die Dinger normalerweise hasst. Und jetzt erzählst du mir, dass das Tierchen Kartoffeln frisst, die deine Tante, oder besser gesagt, die Cousine deiner Großmutter, extra für Spinnen gezüchtet hat. Und dann denkst du, deine neue Tante könnte Kartoffeln auch nach Lakritze schmecken lassen. Und du meinst das echt ernst. Das ist doch irre!«

Da hat Stina allerdings recht. Dabei habe ich ihr noch nicht mal von dem Kuscheldeckchen erzählt!

»Stimmt, bei uns geht es gerade ziemlich seltsam zu«, gebe ich zu.

»Total irre!«, betont Stina ein weiteres Mal. »Aber auch voll spannend.«

»Finde ich auch.« Ich schaue zum Terrarium. »Rasty sitzt übrigens immer noch auf der Kartoffel.«

»Vogelspinnen saugen ihre Beute aus«, erklärt Stina.

»Bah, wie eklig!«

»Ist doch nur Kartoffelbrei.«

»Stimmt«, sage ich wieder. »Wie lange darfst du eigentlich mit mir bei meiner Tante bleiben? Die ganze Woche?«

Stina antwortet nicht. Wahrscheinlich beißt sie gerade auf ihrer Unterlippe rum und denkt angestrengt nach. Aber nicht über meine Frage, wette ich, sondern über meine kartoffelfressende Vogelspinne.

»Stina? Jemand zu Hause?«

»Was? Ach so, ja. Habe ich schon erwähnt, wie froh ich darüber bin, dass ich mitkommen darf? Endlich passiert mal was. Ich bin so neugierig, was deine verrückte Tante noch so alles draufhat.«

»Ich auch«, sage ich. Und zum ersten Mal finde ich es sogar selbst ein bisschen spannend, zur Kräuterhexe ausgebildet zu werden. »Wie lange darfst du also bleiben?«

»Ich muss spätestens am Donnerstagabend zurück sein. Damit ich Freitag noch packen kann und so weiter. Wir fahren Samstagmorgen, ganz früh.«

Dann reist Stina nämlich mit ihren Eltern an die

Nordsee. Dorthin, wo Ava lebt, die Wasserhexe des nördlichen Meeres. Ich seufze. »Hast du's gut.«

Da höre ich von unten meine Mutter rufen.

»Lizzy, kommst du? Papa ist da. Es gibt Essen!«

»Sorry, Stina, das war meine Mutter. Ich muss runter. Mein Vater hat Pizza mitgebracht.«

Stina gibt einen kleinen Lachgrunzer von sich. »In Kartoffelform oder echte?«

»Echte«, antworte ich. »Papa ist ja kein ... äh, ich meine, von Pepe um die Ecke.« Ups, beinahe hätte ich mich verplappert! Gerade noch mal gut gegangen.

Stina grunzt wieder ins Telefon. »Guten Hunger. Schickst du mir später noch mal ein Foto von Rasty?«

»Mach ich. Bis dann.«

Ich lege auf. Bevor ich nach unten gehe, schaue ich noch einmal nach Rasty. Sie hockt immer noch auf der Kartoffel. Aber es sieht so aus, als wäre die Knolle schon etwas kleiner geworden. Die Schiebetür des Terrariums lasse ich offen. Es hat ja offenbar sowieso keinen Zweck, sie zu schließen, Rasty spaziert rein und raus, wie es ihr gefällt. Aber was habe ich auch erwartet? Meine Mutter hat recht. Es ist ein Hexengeschenk. Da ist es ganz normal, dass alles nicht normal ist. Oder eben einfach nur irre, wie Stina gerade festgestellt hat.

8.

»Na, mein großes Hexenmädchen«, sagt mein Vater und drückt mich fest. »Erzähl!«

»Hat Mama noch nichts verraten?«

»Sie hat eisern geschwiegen.«

Mama zeigt auf den Tisch, auf dem drei Pizzaschachteln stehen. »Lasst uns dabei essen, kalt schmeckt die Pizza nicht mehr so gut.«

Wir setzen uns. Jetzt erst merke ich, wie hungrig ich bin.

»Hier war was los …«, beginne ich meinen Bericht, während ich meine Margherita auspacke.

Mein Vater hört die ganze Zeit gespannt zu. Als ich von Ava erzähle und die Möglichkeit ins Spiel bringe, dass er auch Hexenvorfahren haben könnte, zieht er kurz eine Augenbraue hoch. Ansonsten scheint ihn seine eigene Herkunft nicht weiter zu interessieren. Auch als ich von meiner Spinne berichte, nimmt er es sehr gelassen. Er grinst Mama an und sagt: »Schade, dass ich dein Gesicht nicht gesehen habe, als du sie entdeckt hast.«

»Mama hat echt cool reagiert«, versichere ich.

»Na ja …« Meine Mutter seufzt. Und mein Vater grinst noch ein bisschen mehr.

»Rasty ist echt süß! Stina meint, sie sieht aus wie ein kleines Schäfchen. Ich zeige sie dir nachher. Sie ist wirklich niedlich. Und nur am Anfang ein kleines bisschen gruselig, bis man sich an sie gewöhnt hat.«

Jetzt ist es meine Mutter, die lacht. »Bestimmt möchte dein Vater sie auch mal auf die Hand nehmen.«

»Ich glaube, das entscheide ich ganz spontan.« Mein Vater sieht mich schmunzelnd an. »Aber schön, dass du so begeistert bist. Das freut mich.«

»Sie ist wirklich toll!«, betone ich noch einmal. Da fällt mir plötzlich etwas ein, woran ich noch gar nicht gedacht habe. »Was passiert eigentlich mit Rasty, wenn ich doch keine Kräuterhexe werde, Mama?«

»Ich könnte mir vorstellen, dass du sie dann zurückgeben musst. Rasty ist keine normale Spinne. Sie hat besondere Fähigkeiten, die dir sicherlich speziell bei deiner Ausbildung nützlich sein werden.«

»Welche denn?«, hake ich nach.

»Das hat Camilla mir nicht verraten – ich denke, du wirst es früher oder später selbst herausfinden. Aber sie hat mir versprochen, sich gleich zu melden, sobald der Hexenrat entschieden hat.«

Ich beiße in das letzte Stück meiner Pizza und denke beim Kauen nach. »Irgendwie hat Camilla mich ganz schön ausgetrickst«, murmele ich, nachdem ich alles aufgefuttert habe. »Sie hat Rasty und Stina benutzt, um mich für sich zu gewinnen.«

»Dann scheinst du ihr enorm wichtig zu sein, wenn sie sich solche Mühe gibt«, sagt meine Mutter.

»Aber das ist doch trotzdem nicht fair! Auch Ava gegenüber nicht. Sie hat ja wohl auch ein enorm wichtiges Interesse an mir, sonst hätte sie sich nicht beim Hexenrat beschwert.« Ich greife nach dem Stein in der Hosentasche. »Den hat sie mir zum Abschied gegeben.« Ich ziehe den Aquamarin heraus, den Ava mir geschenkt hat, und halte ihn meinen Eltern hin.

»Der ist sehr hübsch«, sagt mein Vater, nimmt den Stein und hält ihn gegen das Licht.

Ich sitze ihm direkt gegenüber. Deswegen kann ich ganz genau sehen, dass seine Augen genauso funkeln wie der Stein, hellblau mit vielen goldenen Sprenkeln. Etwa im gleichen Moment bemerke ich einen Luftzug, und kurz darauf höre ich das tiefe Rauschen des Meeres, so als würde eine Welle über den Tisch auf mich zurollen.

»Verrückt!«, sagt mein Vater und gibt mir den Stein zurück. »Eben habe ich einen kurzen Moment lang gedacht, ich hätte das Meer rauschen hören.«

»Ich auch!«, rufe ich und halte den Stein gegen das Licht, so wie mein Vater eben. Aber diesmal bleibt es ruhig. Alles, was ich höre, ist Vogelgezwitscher draußen im Garten. »Versuch du es noch mal, Papa.«

Mein Vater hebt abwehrend beide Hände. »Nein, Liebes, die Hexerei ist eure Sache.« Er steht auf und geht zum Kühlschrank. »Jetzt gibt es Nachtisch. Ich habe Tiramisu mitgebracht.«

»Hast du das gerade auch gehört?«, frage ich meine Mutter.

»Nein«, antwortet sie und beobachtet schmunzelnd meinen Vater, der den Nachtisch auf drei Teller verteilt. »Vielleicht ist Papa ja in Wahrheit ein richtiger Meermann und es wachsen ihm irgendwann Flossen.«

Diesmal hat meine Mutter wirklich einen Scherz gemacht, das sehe ich an ihren Augen, um die sich viele kleine Lachfältchen gebildet haben.

»So wie der Vater von Arielle, der Meerjungfrau«, witzele ich. »Wie hieß der noch gleich?«

»Triton«, sagt meine Mutter.

»Ach du Sch…« Ich halte schnell meine Hand vor den Mund. Bestimmte Wörter hört meine Mutter überhaupt nicht gern, ganz besonders nicht am Esstisch. »Weißt du, was mir gerade auffällt? Die böse Wasserhexe in dem Film heißt Ursula, genau wie die Hexe aus Papas Familie, die verbannt worden ist.«

»Du heißt aber auch Elisabeth, wie die Königin von England. Und ihr beide habt absolut nichts miteinander zu schaffen. Außerdem ist *Arielle, die Meerjungfrau* ein Zeichentrickfilm. Das hat nichts mit dem realen Leben zu tun.«

»Wäre aber trotzdem cool, wenn Papa ein Meermann wäre«, überlege ich laut.

»Meermänner gibt es nicht, genauso wenig wie Meerjungfrauen – zumindest nicht im echten Leben.«

»Weiß ich doch«, sage ich. Aber so ganz hundertprozentig sicher bin ich mir da, ehrlich gesagt, nicht. Immerhin gibt es auch Hexen. Und an die glaubt ja auch keiner. Warum sollte es dann nicht auch Nixen und andere Wasserwesen geben? Mir gefällt der Gedanke auf jeden Fall. Als ich jünger war, habe ich mir oft gewünscht, ich könnte so sein wie Arielle. Im Sommer würde ich am liebsten jeden Tag im Schwimmbad verbringen. Oder noch lieber an einem See oder am Meer. Ich schwimme gern und habe auch schon die eine oder andere Medaille bei den Schulmeisterschaften gewonnen. Wasser ist einfach mein Element! Die Serie, die damals im Fernsehen lief, habe ich geliebt. Ich war richtig vernarrt in Arielle. Und prompt fällt mir die Titelmelodie dazu ein, die ich jetzt leise vor mich hin summe – bis ich vom Klingeln des Festnetztelefons aus dem Flur aufgeschreckt werde.

»Ich geh schon«, sage ich und springe auf.

Es ist Oma.

»Na, da habe ich ja direkt die Richtige am Apparat. Ich soll dir viele liebe Grüße von Camilla ausrichten. Sie kann sich leider selbst gerade nicht melden, weil sie noch einiges zu erledigen hat. Aber sie holt dich und Stina am Montag gegen Nachmittag ab. Du sollst also tatsächlich Kräuterhexe werden.«

»Und das hat der Hexenrat bestimmt?«, frage ich.

»Ja, mein Schatz.«

»Und Ava? Was sagt sie dazu?«

»Was soll sie schon groß sagen?«, entgegnet Oma. »Es ist, wie es ist. Daran kann sie jetzt auch nichts mehr ändern.«

Ich seufze.

»Das wird schön werden, warte mal ab. Du wirst begeistert sein, wenn du siehst, wie Camilla lebt. So, und jetzt muss ich auch wieder los. Fühl dich gedrückt und grüß Mama und Papa von mir.«

»Kräuterhexe?«, fragt Mama, als ich zurück in die Küche komme.

»Jepp«, antworte ich. Wenigsten darf Stina die ersten Tage mit. Und ich darf Rasty behalten. Ich merke, dass ich deswegen nicht mal mehr sauer bin. Das hat Camilla wirklich clever eingefädelt!

Mein Vater, beladen mit den Nachtischtellern, dreht sich zu uns um. »Kräuterhexe? Ich finde, das klingt spannend.«

»Geht so«, sage ich und wiederhole Omas Worte: »Es ist, wie es ist. Daran kann man jetzt ch nichts mehr ändern.«

»Das ist eine vernünftige Einstellung.« Mein Vater geht zur Couch im Wohnzimmer und stellt die Teller auf den Tisch davor. »Jetzt beginnt der gemütliche Teil des Abends: Nachtisch und dazu ein Film. Das Geburtstagskind darf aussuchen, was wir uns anschauen.«

»Arielle, die Meerjungfrau«, antworte ich wie aus der Pistole geschossen. »Den habe ich schon Ewigkeiten nicht mehr gesehen.«

»Und ich war mir sicher, du wählst *Spiderman*.« Mein Vater lacht und geht zur Kommode, in der wir die alten Disney-Filme aufbewahren. Kurz darauf wedelt er mit der DVD in der Luft herum. »Was ist, die Damen, kommt ihr?«

Auf der Couch zieht meine Mutter mich ganz nah an sich heran, während mein Vater den Film in den DVD-Player schiebt. »Alles okay mit dir? Bist du sehr traurig?«

»Irgendwie schon«, gebe ich zu. »Ich wünschte, ich hätte Ava nie kennengelernt. Dann wäre ich nämlich nie auf den Gedanken gekommen, dass ich auch Wasserhexe werden könnte.«

»Ich glaube, dass im Leben alles seinen Sinn hat«, erklärt meine Mutter und klingt sehr ernst dabei. Sie streicht eine Haarsträhne aus meinem Gesicht. »Avas Besuch hier bei uns war wichtig, da bin ich mir ganz sicher.« Sie überlegt einen Moment und lächelt mich an. »Mir hat ihre Abkürzung deines Namens gut gefallen. Sabeth klingt sehr schön.«

»Finde ich auch.«

»Ich auch«, mischt mein Vater sich da in unser Gespräch ein und setzt sich in den Sessel. Er hat mal wieder alles mitbekommen, obwohl er eigentlich gar nicht zugehört hat. Er streckt seine Beine rüber zu mir auf die Couch. »Das hat was Geheimnisvolles. Wer weiß, vielleicht gibt es ja auch mal einen Film über dich. *Sabeth, die Kräuterhexe,* oder so.«

»Is klar, Papa!«

»Warum nicht?« Er drückt auf die Fernbedienung und grinst. »Aber jetzt gibt es erst einmal *Arielle, die Meerjungfrau.*«

»Was, wenn du doch außergewöhnliche Fähigkeiten hast, die nur bisher noch nicht entdeckt worden sind?«, sage ich zu meinem Vater, als wir nach unserem Filmabend nebeneinander die Treppe hinaufgehen. »Du hast vorhin das Meer rauschen hören, Mama nicht.«

»Was, wenn deine Wasserhexe sich einfach einen kleinen Spaß erlaubt hat?«, entgegnet mein Vater. »Wie hieß sie noch gleich? Ava?«

Ich nicke. »Das könnte schon sein.« Immerhin war sie es, die meinen Vater ins Spiel gebracht hat. Vielleicht war das wiederum auch nur ein Trick. »Sie war echt sauer, als sie gegangen ist. Du hättest sie mal sehen sollen, ihre Augen haben richtig Funken gesprüht.«

»Sie ist ja offenbar noch sehr jung«, sagt mein Vater. »Vielleicht ist eine erfahrene Hexe wie Camilla generell die bessere Ausbilderin. Was meinst du?«

»Da hast du vielleicht recht«, gebe ich zu und drücke meine Zimmertür auf.

Mein Vater bleibt wie angewurzelt hinter mir stehen. »Oh mein Gott, die ist ja riesig!«, sagt er, den Blick auf den Boden gerichtet.

Rasty flitzt im Turbotempo über den Teppich, die Kommode und die Bananenstaude hinauf und verschwindet zwischen den Blättern.

»Sie ist aber ganz zahm«, versichere ich.

»Wenn du das sagst ...« Mein Vater schüttelt sich. »Kein Wunder, dass deine Mutter nicht begeistert war.«

»Komm!« Ich ziehe ihn am Ärmel in mein Zimmer. Dabei entdecke ich die Reste von Rastys Abendessen im Terrarium. »Rasty frisst Kartoffeln«, erkläre ich. »Sie hat sie komplett aufgefuttert und nur die Schale übrig gelassen.«

»Soso.« Mein Vater beugt sich zum Terrarium runter und begutachtet die Schalen. »Dann zeig mir deine tierische Freundin doch mal.«

»Rasty«, sage ich mit sanfter Stimme und halte meine Hand vor die Bananenstaude – aber es passiert nichts. Rasty bleibt in ihrem Versteck. »Rasty, komm doch mal raus«, säusele ich.

Doch meine Spinne zeigt sich nicht.

»Sie hat sich erschreckt«, sagt mein Vater.

»Mein Vater ist total lieb!«, erkläre ich meiner Spinne. »Du musst keine Angst haben.« Gespannt beobachte ich die Blätter. Und tatsächlich: Diesmal reagiert Rasty. Langsam kommt ein Bein zum Vorschein. »Da bist du ja.« Ich strecke meine Hand aus und warte, bis die Spinne hinaufgekrabbelt ist. Dann halte ich sie meinem Vater hin. »Darf ich vorstellen, das ist Rasty.«

»Hübsch«, flunkert mein Vater und kommt etwas näher.

Aber das scheint Rasty nicht zu gefallen. Sie legt wieder den Turbogang ein. Allerdings flitzt sie diesmal nicht über den Teppich, sondern an mir hoch – bis zu ihrem Lieblingsplatz, meinem Pferdeschwanz.

»Ich glaube, sie hat Angst vor dir, Papa«, sage ich. »Sie muss sich bestimmt erst an dich gewöhnen. Es ist ja alles neu für sie.«

»Dann lass ich euch jetzt lieber allein.« Mein Vater sieht auf seine Uhr. »Es ist auch schon nach zehn. Dein Bett ruft.«

»Gute Nacht, Papa.«

»Nacht, mein Schatz.« Mein Vater drückt mir einen Kuss auf die Stirn, behält meinen Pferdeschwanz dabei aber im Auge. »Habe ich dir heute schon gesagt, dass ich wahnsinnig stolz auf dich bin?«

»Heute noch nicht.« Ich grinse ihn an.

Mein Vater grinst zurück. »Ich bin stolz auf dich,

mein mutiges Hexenmädchen mit Spinne im Haar. Und ich habe dich sehr lieb.«

»Ich dich auch.«

»Du bist eine Schissbuxe!« Ich halte meine Hand hinter meinen Kopf. »Du kannst runterkommen, mein Vater ist weg.«

Rasty nimmt mein Angebot an, als hätte sie jedes Wort verstanden. Sie krabbelt auf meine Hand und lässt sich von mir zurück in die Bananenstaude setzen. Dabei fällt mir ein, dass ich Stina noch ein Foto schicken wollte. Normalerweise sollen unsere Handys ausbleiben, sobald wir im Bett liegen. Aber heute ist mein Geburtstag und außerdem war gestern der letzte Schultag vor den Ferien, da darf ich länger aufbleiben.

»Bitte recht freundlich«, sage ich deshalb zu Rasty und drücke den Auslöser. Kurz darauf schicke ich das Bild an Stina.

Von Spinnenmama an Spinnentante. Gute Nacht!

Nacht, schlaft gut, ihr beiden, antwortet Stina und setzt einen lachenden Smiley und ein kleines blinkendes Herz dahinter.

Ich gehe ins Bad. Um kurz nach halb elf liege ich schließlich im Bett, auf die Seite gerollt, sodass ich Rasty sehen kann. Die habe ich ins Terrarium gesetzt und die Schiebetür fest verschlossen. Ich bin mir sicher, dass Rasty ganz genau weiß, was sie anstellen muss, damit sie aufgeht. Ich bin gespannt, ob mein neues Haustier sich dabei auf frischer Tat ertappen lässt.

Mondlicht scheint in mein Zimmer. Heute habe ich die Rollos nicht ganz nach unten gezogen, sodass ich alles ganz genau sehen kann. Momentan hockt Rasty träge auf ihrem Ast.

»Ich krieg die Krise, wenn du auf die Idee kommst, mitten in der Nacht über mich drüberzukrabbeln. Nur dass du Bescheid weißt«, sage ich. Doch Rasty scheint das überhaupt nicht zu interessieren. Sie sitzt weiter auf dem Ast und beachtet mich nicht. »Gut so«, murmele ich und gähne herzhaft. Jetzt bin ich wirklich müde.

Ich schließe die Augen und bin schon nach ein paar Minuten kurz vorm Einschlafen. Doch da höre ich plötzlich ein leise quietschendes Geräusch, das eindeutig aus Richtung des Terrariums kommt.

Sofort bin ich wieder hellwach. Meine Augen öffne ich jedoch nur einen Spaltbreit, damit Rasty nicht mitbekommt, dass ich beobachte, was sie da treibt.

Das kleine Biest schiebt doch tatsächlich mit zwei ihrer vorderen Beine die Tür auf! Wahnsinn, ich kann es echt nicht glauben. Ich huste absichtlich und ziehe mir die Decke etwas zurecht, um Rasty ein wenig zu erschrecken, behalte sie dabei aber weiter fest im

Blick. Sie krabbelt eilig auf ihren Ast zurück und bewegt sich nicht mehr.

Na warte! Noch einmal gähne ich herzhaft, dann atme ich gleichmäßig tief ein und aus, tief ein und aus … bis Rasty davon überzeugt ist, dass ich wieder schlafe. Aus halb geöffneten Augen verfolge ich, wie sie die Tür mit ihren Beinchen ganz aufschiebt, das Terrarium verlässt und über die Kommode auf die Bananenstaude krabbelt.

Brav, denke ich, ob du nun im Terrarium oder in der Staude schläfst, ist mir egal. Doch da habe ich mich zu früh gefreut, denn was dann passiert, kann selbst ich als frischgebackene Junghexe kaum glauben: Meine Spinne krabbelt die Staude herunter bis auf den Fußboden, wo ihr komisches dunkelgrünes Kuscheldeckchen liegt. Ich habe es tatsächlich vergessen. Vielleicht kann Rasty wirklich nur darauf schlafen?, frage ich mich mit einem Anflug von schlechtem Gewissen. Mit angehaltenem Atem beobachte ich, wie sie unter den grünen Stoff schlüpft … und kurz darauf bewegt sich die Kuscheldecke. Ich starre auf den Fußboden und kneife mich. Kein Zweifel: Die Decke wandert über den Teppich auf mein Bett zu … und an meinem Nachtschränkchen hinauf nach oben. Dort legt die Decke eine kleine Pause ein. Schnell atme ich wieder tief ein und aus, als würde ich schlafen. Und schon bewegt die Decke sich weiter, bis … auf mein

Bett. Dort bleibt sie genau neben meinem Kopfkissen liegen. Will meine Spinne etwa ernsthaft in meinem Bett schlafen?

Ich öffne die Augen einen Spalt und warte ungläubig auf das, was weiter passiert. Und es dauert nicht lang, da kommt Rasty unter dem Deckchen hervorgekrochen. Sie hat immer noch nicht bemerkt, dass ich sie beobachte, und rückt sich ihren Schlafplatz zurecht.

Erst als sie es sich auf der Decke bequem macht, sage ich: »Ist nicht dein Ernst!«

Nichts passiert.

Ich räuspere mich.

Doch Rasty bewegt sich nicht von der Stelle.

»Na gut«, seufze ich schließlich ergeben, »aber ich kann nichts dafür, wenn ich mich nachts aus Versehen auf dich rolle. Und eins muss klar sein: Wenn du über mich krabbelst, während ich schlafe, bekommst du Ärger, und zwar ganz gewaltigen!«

9.

»Krass. Ich habe echt gedacht, du verscheißerst mich, als du mir erzählt hast, Rasty frisst Kartoffeln.«

Stina steht vor dem Terrarium und kann ihren Blick gar nicht von Rasty wenden, die gerade ihre Kartoffel ausgesaugt hat und nun träge auf dem Ast sitzt. Sie grinst. »Eigentlich könntest du deine Spinnenspange nach den Ferien mal in der Schule tragen. Ich wette, die beiden Oberkackbratzen fallen in Ohnmacht.«

Unsere Klassenlehrerin hat Stina und mich zu Beginn des Schuljahrs in die erste Reihe strafversetzt, weil wir zu viel gequatscht haben. Seitdem sitzt uns das selbst ernannte Dream-Team unserer Klassen-Oberzicken im Nacken und nervt permanent. Sie sind so was von eingebildet! Die Idee, die beiden ein wenig mit Rasty zu erschrecken, gefällt mir.

»Keine schlechte Idee«, sage ich. »Aber meinst du nicht, das würde sofort auffallen? Sie ist schon ziemlich groß – und haarig.«

»Ich wette, dass niemand darauf achten würde.« Stina grinst noch einmal breit. »Bis Rasty eins ihrer haarigen Beine bewegt. Stell dir das mal vor …«

»Du bist ein böses Mädchen, Stina.« Ich halte meine Hand vor die Bananenstaude. Rasty klettert, ohne zu zögern, hinauf und lässt sich von mir in Stinas rote Lockenpracht setzen. »Sie mag dich. Was hältst du davon, wenn wir sie in deinem Wuschelkopf verstecken? Das würde auch funktionieren.«

Stina nickt, allerdings etwas zu heftig – Rasty rutscht ab. Sie landet auf Stinas Schulter und klettert an ihrem Hals wieder nach oben.

»Muah«, macht Stina. »Daran werde ich mich nie gewöhnen. Ich schwör dir, ich hab noch nie im Leben so 'ne Gänsepelle gehabt.«

Ich nicke. »Gestern habe ich den ganzen Tag mit ihr geübt«, sage ich. »Ich habe sie sogar über meine Beine krabbeln lassen. Aber das hat auch nix gebracht. Ich schätze mal, dass ich mich auch nie daran gewöhnen werde und immer Gänsehaut bekomme.« Ich kraule mit dem Zeigefinger sanft Rastys Kopf. »Immerhin ist sie gestern Nacht nicht auf mich geklettert, während ich geschlafen habe. Ich hatte schon Angst, dass ich sie kille, wenn das passiert. Aus Versehen natürlich, so aus Reflex.«

Stina zieht die Stirn kraus und kaut auf ihrer Unterlippe rum. »Hm«, macht sie.

»Was?«

»Du hältst mich jetzt wahrscheinlich für verrückt, aber ich glaube irgendwie, dass Rasty keine normale

Spinne ist. Ist doch irre, was du mir über heute Nacht erzählt hast! Vielleicht hat die afrikanische Medizinfrau sie ja mit einem Zauber belegt.«

»Dann wird bestimmt ein Prinz aus ihr, wenn du sie küsst. Ach nee, Rasty ist ja ein Mädchen, das wird eine Prinzessin«, feixe ich. Aber eigentlich ist mir gar nicht nach Blödsinn verzapfen zumute. Es ist so ätzend, dass ich Stina nicht sagen kann, dass sie verdammt richtig mit ihrer Vermutung liegt. Mal abgesehen von der Tatsache, dass Rasty nicht verzaubert wurde, sondern sozusagen verhext ... Außerdem habe ich Bauchgrummeln. Ich finde es immer noch doof, dass ich keine Wasserhexe werden darf. Kräuterhexe werden ist wie Mathe büffeln, denke ich. Das fällt mir auch schwer, weil es mich null die Bohne interessiert. Ich hoffe nur, dass es mir mit den Hexensprüchen nicht auch so gehen wird.

Stina sieht mich ernst an. »Ohne Scheiß jetzt, Lizzy. Die Spinne ist nicht normal«, betont sie noch einmal. »Ich mein, überleg doch mal. Sie kann die Schiebetür vom Terrarium aufmachen, hat heute Nacht bei dir im Bett geschlafen – und ihr Lieblingsaufenthaltsort ist dein Pferdeschwanz.«

»Stimmt, das ist echt krass«, sage ich, ohne weiter auf Stinas Vermutung einzugehen.

Da ruft meine Freundin: »Ich hab's! Rasty ist dressiert!« Sie sieht mich mit großen Augen an. »Vor ein paar Wochen lief mal ein Bericht über Tiere im Fernsehen, die in Filmen mitspielen. Vielleicht funktioniert das auch mit Spinnen. Was meinst du?«

»Das könnte sein«, antworte ich ausweichend.

Zum Glück ruft meine Mutter in diesem Moment von unten: »Lizzy, Stina, macht ihr euch fertig? Camilla wird jeden Moment hier sein.«

»Wir kommen!«, rufe ich zurück.

Ich gehe zur Kommode und hole das kleine Körbchen, das dort steht. Zu Ostern hat meine Mutter ein paar bunte Eier und ein Buch für mich dort hineingelegt. Jetzt habe ich es zum Reisekörbchen für meine Spinne umfunktioniert, ganz bequem, gepolstert mit ihrem Kuscheldeckchen. Das Terrarium brauchen wir nicht. Camilla hat gesagt, sie stellt eine Bananenstaude in unser Zimmer. Darauf fühle Rasty sich am wohlsten.

»Du kommst auch mit«, sage ich zu meinem Haustier. »Wir fahren alle zusammen zu Camilla.«

Stina neigt den Kopf und Rasty krabbelt brav in das Körbchen.

»Hast du keine Angst, dass sie dir stiften geht, wenn du sie einfach so im Körbchen mitnimmst?«, fragt Stina.

»Ich lege eine dünne Decke darüber«, erkläre ich. Aber eigentlich bin ich mir sicher, dass Rasty nicht abhauen wird. Sie ist ja keine normale Spinne. Und Camilla hat gesagt, sie weiß, zu wem sie gehört.

»Du kannst sagen, was du willst, die Spinne ist dressiert«, sagt Stina noch einmal. »Lass uns gleich mal deine Tante fragen. Ich wette, ich habe recht.«

»Gute Idee!« Soll Camilla Stina doch die Sache erklären, denke ich. Damit bin ich aus dem Schneider und muss meine Freundin nicht anlügen.

Etwa eine halbe Stunde später sitzen Stina und ich in Camillas Lieferwagen neben meiner Tante auf einem Doppelsitz. Das Körbchen mit Rasty steht zwischen uns. Ich muss gestehen, dass ich mich jetzt doch ein bisschen freue. Und dass ich es supernett von Camilla finde, dass Stina mitkommen darf. Ohne meine Freundin würde ich jetzt wahrscheinlich sterben vor Aufregung. Aber mit ihr wird die ganze Sache vielleicht sogar doch Spaß machen.

»Auf geht's!«, sagt Camilla, startet den Wagen und fährt los.

Doch weit kommen wir nicht. Die Ampel an der Kreuzung nur ein paar Hundert Meter weiter ist rot – und wird nicht wieder grün.

Camilla trommelt ungeduldig mit ihren Fingern auf dem Armaturenbrett herum. Vor uns stehen noch zwei andere Autos und hinter uns bestimmt mittlerweile zehn, obwohl hier sonst ganz wenig Verkehr ist.

»Das fängt ja gut an«, schimpft Camilla.

Plötzlich ruft Stina: »Habt ihr das gesehen? Die Ampel ist ganz kurz umgesprungen. Aber sie ist nicht grün geworden, sondern blau. Ganz kurz nur. Guckt mal, schon wieder! Jetzt ist sie grün, und schwups – wieder blau.«

Tatsächlich! Die Ampel wechselt sekundenschnell ihre Farbe. Wie das Buch während meiner Ausbildungszeremonie, schießt es mir durch den Kopf. Mein Blick fliegt zu Camilla. Und die sieht zu mir.

»Hast du zufällig irgendwas dabei, das Ava dir geschenkt hat?«, fragt sie.

Jetzt zu flunkern bringt nichts. Das würde Camilla sowieso merken. »Einen Aquamarin«, antworte ich also ehrlich.

Camilla runzelt die Stirn. »Zeigst du ihn mir bitte mal?«

Ich zögere einen Moment, angle dann aber doch in meiner Hosentasche nach dem Stein und halte ihn Camilla hin.

Meine Großtante hält den Aquamarin gegen das Licht und kneift die Augen zusammen. »Das habe ich mir gedacht!«, blafft sie los. »Ava versucht, deine Ausbildung zu boykottieren, obwohl der Rat eine eindeutige Entscheidung getroffen hat.« Sie sieht zu mir rüber. »Wartet kurz, ich muss eben etwas holen«, sagt sie, öffnet die Fahrertür und springt aus dem Auto. Kurz darauf hören wir sie hinten auf der Ladefläche herumkramen.

Meine Freundin sieht mich mit großen Augen an. »Was war das denn bitte? Welche Ausbildung? Wer ist Ava?«

»Eine meiner anderen Tanten«, sage ich. Und ich fühle mich gar nicht wohl dabei. Das Bauchgrummeln ist wieder da. Wieso kann Camilla nicht besser aufpassen, was sie sagt? Und es passt mir gar nicht, dass sie mit meinem Stein abgedampft ist. Es war immerhin ein Geschenk!

»Aha. Und weiter?« Stina fixiert mich mit ihrem Jetzt-sag-schon-was-los-ist-Blick.

Aber ich weiß echt nicht, wie ich ihr das erklären soll. »Das ist etwas kompliziert«, fange ich an, doch da kommt zum Glück Camilla zurück. Sie reicht mir ein Schraubglas, das etwa zweifingerbreit hoch mit Kräutern gefüllt ist. Mein Aquamarin liegt obendrauf.

»Sei so gut, Elisabeth, lass den Stein während der Fahrt im Glas und nimm den Deckel nicht ab, sonst kommen wir nie an. Sobald wir bei mir sind, kannst du deinen Aquamarin wieder herausnehmen. Dort verliert er wahrscheinlich sowieso seine Wirkung.« Sie sieht mich ernst an. »Und dann sprechen wir noch mal in aller Ruhe darüber.«

»Okay«, sage ich und habe auf einmal ein schlechtes Gewissen, obwohl ich gar nichts angestellt habe.

Nur ein paar Sekunden später wird die Ampel wieder grün – und bleibt es auch. Die Autos vor uns fahren los und wir ebenfalls.

»Da wollte Ava uns wohl eins auswischen«, sagt Camilla und schüttelt den Kopf. »Hat einfach die Ampel verhext!«

Ach du Scheiße!, denke ich. Ich bemühe mich seit Jahren, mich nicht vor Stina zu verplappern, und Camilla rutscht mal eben so ganz nebenbei heraus, dass hier Hexerei im Spiel war!

Stina sitzt schweigend zwischen uns, sieht zu mir, danach zu Camilla und dann wieder zu mir. »Ihr verscheißert mich, oder?«, bricht es schließlich aus ihr heraus.

»Das würden wir nie machen, Liebes«, antwortet Camilla. »Aber gut, dass du mich daran erinnerst. Es tut mir leid, es geht nicht anders – du musst die letzten fünf Minuten vergessen.« Sie legt ihre Hand für einen kurzen Moment auf Stinas Knie. *»Lupuli strobulus.«*

Meine Freundin seufzt auf und lehnt sich in den Autosessel. »Danke noch mal, dass ich mitfahren darf, Frau Blumenthal.«

Ich schließe kurz die Augen vor Erleichterung. Wenn das so weitergeht, brauche ich wirklich bald mal eine Minibanane für meine Nerven! Grinsen muss ich allerdings trotzdem. Ava hat die Ampel verhext, um Camilla zu ärgern – was für eine witzige Idee!

»Nichts zu danken, Liebes!«, sagt meine Großtante lächelnd zu meiner Freundin. »Die Frau Blumenthal kannst du aber gern weglassen. Nenn mich Camilla, so wie Elisabeth das auch macht. Sie hat dir ja sicher erzählt, dass ich nur um mehrere Ecken mit ihr verwandt bin.«

Stina strahlt über beide Backen. »Das mache ich sehr gern.«

»Schön! Weißt du eigentlich schon, was du später beruflich machen willst, Stina?«

»Hundertprozentig sicher bin ich da noch nicht. Ich schwanke zwischen Biologin und Astrophysikerin. Ich mag Pflanzen, finde Sterne aber auch absolut spannend …«

»Und du, was willst du mal werden, Elisabeth?«, fragt Camilla.

»Weiß ich noch nicht«, antworte ich. Das ist nicht gelogen. Ich habe keinen blassen Schimmer.

»Lizzy wird bestimmt mal Sportlehrerin«, sagt Stina. »Sie beherrscht alle Ballsportarten wie ein Profi. Und im Wasser bewegt sie sich wie ein Fisch. Außerdem kenne ich niemanden, der so gut erklären kann wie Lizzy. Sie hat mir sogar das Kraulen beigebracht. Und das heißt was. Ich bin sportlich nämlich absolut unbegabt.«

Camilla wirft mir einen langen Blick zu. »Soso, wie ein Fisch im Wasser also.«

»Habe ich von Papa geerbt«, erkläre ich und versuche, meine Stimme möglichst normal klingen zu lassen. Aber diese kleine Spitze kann ich mir nicht verkneifen. Immerhin gibt es Wasserhexen unter meinen Vorfahren.

»Stimmt, der ist ja auch Lehrer«, sagt Stina.

Meine Hexentante übergeht meine Anspielung und sagt fröhlich: »Wenn das so ist, müsst ihr mich in den Sommerferien unbedingt wieder besuchen kommen. Direkt hinter dem Gewächshaus gibt es einen wunderschönen See, in dem man herrlich baden kann. Jetzt ist das Wasser leider schon zu kalt dafür.«

»Aber für das Gewächshaus ist es nicht zu kalt.« Stina lacht vor Glück. »Haben Sie eine Lieblingspflanze, Frau Blumenthal, äh, ich meine … hast du eine, Camilla?«

»Ach, da gibt es viele …«

Den Rest der Fahrt höre ich den beiden nur noch am Rande zu. Ich wünschte, ich würde mich auch so für Camillas Pflanzen interessieren wie meine Freundin. Aber ich finde den See viel spannender, auch wenn es jetzt zum Baden schon zu spät im Jahr ist. Vielleicht gibt es ja ein Boot, mit dem wir mal raus aufs Wasser rudern können …

10.

»Da wären wir!«, sagt Camilla, während der Lieferwagen langsam die Einfahrt hinaufrollt.

Wir fahren direkt auf das Haus meiner Tante zu. Die Fassade ist schneeweiß und mit Efeu bewachsen. Die Fensterrahmen sind dunkelgrün. Das Dach ist mit Schilfrohr gedeckt, so wie ich es von den Häusern kenne, die ich im Urlaub an der Nordsee immer bewundere. Ein kleiner Stich fährt mir durchs Herz, weil ich noch mal kurz an Ava denken muss – doch da bleibt mein Blick an etwas weiter links hängen. Dort steht neben einem großen Walnussbaum ein ebenfalls schneeweißer runder, hoher Turm auf dem Grundstück. Ein Rapunzelturm, denke ich und fange an zu schmunzeln. Stina rutscht zu mir rüber und sitzt fast auf meinem Schoß, als sie sich über mich lehnt, um auf meiner Seite aus dem Fenster schauen zu können.

»Dahinten steht das Gewächshaus«, sagt sie.

War ja klar, dass Stina sich zuerst dafür interessiert. »Pass auf, dass du Rasty nicht zerquetschst«, murre ich.

»Quatsch!« Stina prustet los. »Hast du nicht gemerkt, dass Rasty schon längst wieder an ihren Lieblingsplatz gekrabbelt ist?«

Ich schaue auf das Körbchen. Tatsächlich: Die Decke ist verrutscht und Rasty verschwunden. Da geht ein Ruck durch den Wagen. Camilla hat etwas zu abrupt gebremst. Wir sind da.

Vorsichtig führe ich meine Hand Richtung Pferdeschwanz. »Alles gut da oben?«

Rasty tippt mich mit einem ihrer Beine an, macht aber keine Anstalten, von meinem Zopf herunterzukrabbeln.

»Rasty ist sensibel«, sagt Camilla. »Ich habe dir doch gesagt, dass sie nicht gern allein ist, Elisabeth. Sie hat bestimmt die Aufbruchstimmung im Wagen gespürt und wollte auf Nummer sicher gehen, dass du sie nicht vergisst.«

Der Gedanke, eine echte Spinnenmama zu sein, macht mich schon etwas stolz. Ich streiche Rasty ganz vorsichtig über den flauschigen Pelz. »Keine Angst, du kommst mit!«

Ich öffne die Tür und klettere aus dem Lieferwagen. Nach mir hüpft auch Stina heraus und wir stehen vor dem Haus meiner Tante.

»Boah! Das ist ja wie im Märchen«, ruft Stina aufgeregt. »Lizzy, weißt du, was das ist?«

Meine Freundin steht wie ein aufgeregtes Kind vor dem Efeu und kommt aus dem Staunen nicht mehr raus. »Das ist eine megaseltene Efeuart, eigentlich gibt es die nur in Asien. Camilla, wie hast du es geschafft, den *Hedera colchia* hier anzulegen?«

Den Hedera-was? Jetzt wird mir doch ein wenig unheimlich zumute. Dass meine Freundin einen Hang zu dem ganzen Pflanzenkram hat, war mir ja klar. Aber dass sie hier mit lateinischen Fachbegriffen rumschmeißt, ist echt nicht normal.

»Der Efeu war schon lange vor mir da. Aber du scheinst dich ja wirklich gut auszukennen, meine Liebe.« Camilla strahlt Stina an. Die beiden haben sich echt gesucht und gefunden. »Dir wird es hier gefallen, da bin ich mir sicher. Nun kommt, wir gehen erst mal rein. Ihr wollt doch bestimmt wissen, wo ihr die nächsten Tage wohnen werdet.«

Camilla dreht den wunderschön verzierten Kupferknauf und öffnet die große grüne Holztür. Nun stehen wir in einem weiten, lichtdurchfluteten Flur. Die Wände sind in einem hellen Cremeton gestrichen und der Boden glänzt mit edel aussehenden Terrakotta-Fliesen. Alles wirkt hell und freundlich. Ich habe mit dunklen Räumen gerechnet und getrockneten Kräutern, die von der Decke hängen.

»Ich hoffe, es gefällt euch. Fühlt euch wie zu Hause!« Camilla geht vor uns her durch das Haus. Sie zeigt uns das Wohnzimmer, die Küche und ihr Schlafzimmer. Vor der Treppe, die nach oben führt, bleibt sie stehen. »Oben befinden sich mein Arbeitszimmer und ein weiterer Büroraum. Darüber ist das Dachgeschoss. Aber momentan sind die Räume nicht benutzbar. In die Treppe hat sich ein Holzwurm gefressen, es besteht Einsturzgefahr. Versprecht mir, dass ihr nicht hochgeht.«

»Okay«, sagt Stina sofort.

Ich jedoch bin mir sicher, dass der Holzwurm nur erfunden ist. Meine Großtante ist eine Kräuterhexe. Ganz sicher hätte sie ihn mit irgendeinem Mittel sofort wieder verscheucht. Bestimmt hat Camilla oben ihr Hexenlabor eingerichtet und will nicht, dass das jemand mitkriegt. Ich mache einen langen Hals, kann aber nichts erkennen.

»Es ist wirklich gefährlich, Elisabeth«, betont Camilla da noch einmal. »Bitte komm nicht auf dumme Gedanken. Der Schreiner soll diese Woche noch eine neue Treppe einbauen.«

Ertappt! Natürlich bin ich prompt rot geworden. Ich drehe mich etwas zur Seite, damit es Camilla nicht auffällt.

»Und wo schlafen wir?«, fragt Stina da zum Glück und Camilla sieht zu ihr.

»Na, was meint ihr denn?«

»Im Rapunzelturm!«, sage ich. Da bin ich mir fast sicher.

Camilla nickt schelmisch. »Ich dachte, das ist der

ideale Ort für zwei Freundinnen wie euch. Es gibt nur ein Zimmer und ihr müsst ein paar Stufen nach oben. Aber dafür ist die Aussicht einmalig.«

»Wir schlafen in einem Turm! Wie genial ist das denn, Lizzy?«, ruft Stina und klatscht vor Freude in die Hände.

»Sehr genial!«, sage ich.

Camilla nickt zufrieden. »Dann würde ich vorschlagen, dass ihr eure Sachen ins Turmzimmer bringt und es euch schon mal gemütlich macht. Die Tür könnt ihr einfach aufdrücken, sie ist nicht abgeschlossen. Ich bin für ein paar Minuten im Gewächshaus, die Kicherkerne müssen noch gewässert werden. Wenn was ist, wisst ihr, wo ihr mich findet.«

»Kicherkerne?«, hakt Stina nach. »Davon habe ich noch nie gehört.«

»Habe ich Kerne gesagt?« Camilla kratzt sich am Kopf. »Ich meinte natürlich die Kichererbsen. Und jetzt fort mit euch!«

Das lassen wir uns nicht zweimal sagen. Stina und ich schauen uns mit leuchtenden Augen an und rennen gleichzeitig los.

»Bis später, Camilla«, rufe ich und flitze hinter meiner Freundin her, die ausnahmsweise mal schneller ist als ich.

Vor dem Turm bleiben wir einen Moment ehrfürchtig stehen.

»Eins, zwei, drei«, sage ich.

Wir drücken beide zusammen die Tür auf.

Stina geht zuerst rein. »Voll schön!«, sagt sie.

Ich betrete hinter ihr den Turm und bleibe wie verzaubert stehen. Buntes Licht fällt durch ein Fenster, das aus vielen verschiedenfarbigen Glasbausteinen zusammengesetzt wurde. Mal leuchten die Wände blau, mal rot, dann wieder gelb.

»Draußen steht ein Walnussbaum«, sagt Stina. »Je nachdem, wie der Wind die Äste und Blätter bewegt, fällt das Sonnenlicht durch das Fenster und ändert so die Farbe.«

»Genial!« Ich werfe einen Blick aus dem Fenster. Stina hat recht. Die Äste bewegen sich im Wind und verändern so den Einfall des Lichtes. »Komm, wir sehen uns das Zimmer an.«

Eine graue Steinwendeltreppe führt nach oben. Schweigend machen wir uns auf den Weg. Wir müssen nacheinander gehen, für zwei ist die Treppe zu eng. Wir kommen an zwei weiteren bunten Fenstern vorbei, bis wir endlich oben vor unserem Zimmer stehen.

»Hundertdreizehn Stufen«, sagt Stina. »Ich habe mitgezählt.«

»Stimmt. Habe ich auch gezählt.«

Wir grinsen uns an. In vielen Dingen sind wir verschieden, aber ganz oft ticken wir auch total gleich.

»Ich bin so was von gespannt«, sagt Stina.

»Und ich erst!« Ich greife nach Stinas Hand. Mit der anderen öffne ich die Tür. »Megacool!«

»Ich habe noch nie in einem runden Zimmer geschlafen«, sagt Stina.

»Ich auch nicht!« Ich renne los und schmeiße mich mit Anlauf auf eins der beiden Betten, die mitten im Raum stehen. Es ist mit weinroter Bettwäsche bezogen, eine meiner Lieblingsfarben. Das andere wartet in einem satten Grünton auf Stina.

»Boah! Ist das gemütlich. Du musst unbedingt in deinem Bett Probe liegen«, rufe ich übermütig.

Aber meine beste Freundin geht stattdessen zwischen unseren Betten hindurch zu dem riesigen, runden Fenster in der Wand. Anders als die im Treppenhaus ist dieses hier aus klarem Glas. Stina sieht hinaus und sagt: »Wieso hast du mir eigentlich noch nie erzählt, dass du die coolste Tante der Welt hast? Guck mal, da unten ist das Gewächshaus, von hier oben sieht es noch viel größer aus.«

Ich krieche aus meinem Bett und stelle mich neben Stina ans Fenster. Sie hat recht, das Gewächshaus ist wirklich beeindruckend. Mein Blick bleibt jedoch woanders hängen: Hinter dem Gewächshaus entdecke ich den See, von dem Camilla im Auto gesprochen hat. Er leuchtet in einem strahlenden Türkis. Die Sonnenstrahlen lassen das Wasser glitzern. Gänsehaut breitet sich von meinem Rücken über meine Arme aus.

Und da ist es wieder, ganz plötzlich: Ich höre das Meer rauschen, klar und deutlich. Ich atme lang und tief ein. Dabei kommt es mir tatsächlich so vor, als wäre ich am Meer, denn ich habe sogar einen salzigen Geschmack auf den Lippen.

In diesem Moment greift Stina nach meinem Pferdeschwanz. »Wo ist eigentlich Rasty?«, fragt sie. »Hast du sie jetzt doch im Wagen vergessen? Vorhin saß sie noch wie eine Spinnenspange auf deinem Kopf.«

»Rasty?« Ich fahre vorsichtig durch mein Haar und schaue auf meine Schultern. Aber leider hat Stina recht, Rasty ist verschwunden.

»Hoffentlich ist ihr nichts passiert«, sagt Stina.

Mein Bauch fängt an zu grummeln. Es ist unverzeihlich von mir, dass ich in der ganzen Aufregung meine Spinne vergessen habe.

»Rasty? Raaaaaasty?«, rufe ich laut und schaue schnell auf der Bananenstaude nach, die Camilla unter das Fenster gestellt hat.

»Das ist echt nicht wahr!«, sagt Stina da. »Guck mal.«

Ich drehe mich um und sehe, wie ein kleines grünes Etwas ins Zimmer huscht, auf mein Bett krabbelt und neben meinem Kopfkissen liegen bleibt. Kurz darauf kommt ein haariges Bein unter dem Deckchen hervor, dann noch eins und noch eins. Meine kleine, freche Spinne hat sich doch tatsächlich nach unten geschlichen, um ihre Decke zu holen!

»Die ist bestimmt wirklich dressiert«, flunkere ich erleichtert.

»Aber so was von! Egal. Hauptsache, sie ist wieder da.« Stina lässt ihren Blick durch das Zimmer schweifen. »Hier kann man es aushalten.«

»Absolut!«

Außer unseren beiden Betten stehen noch zwei schmale Schränke in dem Zimmer, dazwischen ein großes Fernsehgerät. Damit habe ich hier absolut nicht gerechnet. Davor hat Camilla zwei knautschige Sitzsäcke zum Reinlümmeln und zwei kleine Minitische platziert. Darauf hat sie jeweils ein Schälchen mit Fruchtgummis, zwei Gläser, eine Flasche Mineralwasser und eine mit Apfelsaft gestellt.

»Voll süß von deiner Tante«, stellt Stina fest und ich stimme ihr zu. »Aber weißt du, was absolut doof ist?« Meine Freundin verzieht das Gesicht. »Ich muss pinkeln, aber hier oben gibt es keine Toilette. Und unten im Turm habe ich auch keine gesehen.«

»Stimmt!« Ich rümpfe die Nase. »Das ist ja nicht so praktisch. Dann müssen wir ja immer rüber ins Haus, wenn wir ins Bad müssen.«

Stina tritt von einem Bein auf das andere. »Mist, jetzt muss ich ganz dringend.«

»Soll ich mitkommen?«, frage ich.

»Musst du nicht.« Sie grinst. »Du bist doch nicht meine Mutter. Das schaffe ich auch allein.«

»Gut, dann pack ich schon mal meine Sachen aus. Kommst du dann gleich wieder hoch?«

Stina nickt – und flitzt los.

Noch einmal lasse ich meinen Blick durch das Zimmer schweifen. Camilla hat sich wirklich verdammt viel Mühe gegeben. So schlimm, wie ich anfangs gedacht habe, ist meine Hexentante doch nicht, denke ich. Genau genommen ist sie eigentlich sogar ganz nett. Obwohl sie weiß, dass ich eigentlich keine Lust auf sie habe, strengt sie sich an, damit es mir gut geht. Vielleicht haben Oma, Tante Fiona und meine Mutter recht, vielleicht muss ich mich einfach nur darauf einlassen …

Ich hole unser Reisegepäck, das wir vor der Tür stehen gelassen haben. Stinas Tasche stelle ich auf ihr Bett. Meine Klamotten räume ich direkt in den Schrank. Auch meinen Rucksack packe ich aus. Dabei entdecke ich meinen Aquamarin in dem Glas mit Kräutern. Beinahe hätte ich ihn vergessen.

»Dann befreien wir dich mal.« Ich greife in das Glas, hole den hübschen Stein heraus und reibe ihn zwischen meinen Händen, um die restlichen Kräuter davon zu entfernen. Schließlich lasse ich ihn wieder in meiner Hosentasche verschwinden. Ich habe das Gefühl, dass der Stein zu mir gehört und bei mir sein sollte, auch wenn er hier keine Wirkung hat, wie Camilla gesagt hat.

Nachdem ich alles verstaut habe, setze ich mich zu Rasty aufs Bett.

»Na du«, sage ich. »Du hast mir vorhin einen ganz schönen Schrecken eingejagt.« Ich strecke meine Hand aus, warte, bis Rasty draufgeklettert ist, setze sie auf meine Schulter und gehe mit ihr zum Fenster. »Hast du den See schon gesehen?«, frage ich. »Sieht er nicht wunderschön aus?«

Eine ganze Weile bleibe ich so stehen, meinen Blick auf das türkisfarbene Wasser gerichtet. Ich denke an die Hexenrunde, an Ava, an das Buch und die Entscheidung des Hexenrats – bis Rasty mich mit einem ihrer Beine zweimal kurz hintereinander anstubst und mich zurück in die Gegenwart holt. Ich war so versunken in meine Erinnerungen, dass ich gar nicht mitbekommen habe, was da unten gerade passiert.

Eine Gestalt mit dunklem Haar bewegt sich durch das Schilf, das um den See herum wächst. Ich kneife meine Augen zusammen, um mehr erkennen zu können. Was macht denn der Typ hier? Er sieht sich um – und geht auf das Gewächshaus zu. Der will doch nicht etwa irgendwas klauen? Da sich das Fenster nicht öffnen lässt, klopfe ich ein paar Mal laut dagegen, doch das scheint der Kerl nicht mitzubekommen. Er verschwindet durch einen Seiteneingang ins Gewächshaus. Etwa im gleichen Moment tritt Stina aus Camillas Haus. Und natürlich marschiert auch sie

Richtung Gewächshaus. »War ja irgendwie klar«, murmele ich vor mich hin. Das Ding hat sie die ganze Zeit brennend interessiert. »Dann lass uns mal lieber nachschauen, was da unten abgeht, Rasty.« Ich drehe mich um und laufe, so schnell ich kann, aus dem Zimmer und die Treppe runter.

11.

»Gut festhalten, Rasty.« Ich kann die Fünfundsiebzig-Meter-Strecke auf dem Sportplatz in 11,5 Sekunden zurücklegen, was gar nicht mal so schlecht ist. Viel länger brauche ich bis zum Gewächshaus auch nicht. »Stina? Camilla?«, japse ich atemlos.

»Ich bin hier!«, ruft meine Freundin. Und da sehe ich ihren roten Wuschelkopf auch schon zwischen zwei Pflanzen auftauchen. Daneben erscheint noch ein weiterer Kopf, der definitiv zu einem Jungen gehört. Und zwar zu dem, den ich vorhin vom See zum Gewächshaus gehen sehen habe. »Camilla ist noch irgendwas besorgen, aber sie kommt gleich zurück«, ruft Stina und schlängelt sich durch das Pflanzenlabyrinth.

Auf den ersten Blick wirkt hier alles wie in einem normalen Gewächshaus. Ich entdecke Kräuter, die auch in unserem Garten wachsen, Tomatenpflanzen, kleine Bäume, Blumen und Sträucher in allen Blütenfarben. Auf einem Tisch liegen Kürbisse in unterschiedlicher Größe und knackige rote Äpfel. Sie sehen hübsch aus, aber eben ganz normal. Das Hexenzeug hat Camilla ganz sicher in einer Extraabteilung, überlege ich.

Da steht auch schon Stina neben mir.

»Was ist los?«, frage ich leise. »Wer ist der Typ?«

Ich kann Stinas Gesicht ansehen, dass irgendwas nicht stimmt. Sie zieht die Nase kraus und beide Augenbrauen hoch.

»Der ist so was von durch«, flüstert sie. »Er behauptet, er wäre bei Camilla zu Besuch, weil sie ein Gegenmittel für ihn zusammenstellen soll.« Stina greift nach meinem Arm. »Und jetzt halt dich fest: weil er seine Gestaltwandlungen nicht selbst kontrollieren kann.« Sie kichert. »Mich hat er *Green Witch* genannt. Er meint, er hat lange in London gelebt, dort würden die Kräuterhexen in Hexenkreisen so genannt werden.«

Ach du heilige Scheiße! Der Kerl hat Stina offensichtlich mit mir verwechselt. Ich versuche, ihm einen Blick zuzuwerfen, aber er wendet uns den Rücken zu.

»Ansonsten ist er eigentlich ganz niedlich«, tuschelt Stina weiter. »Dunkle Haare, schöne hellbraune Augen … er sieht ein bisschen aus wie Julien Bam.«

»Echt?«, sage ich, weil mir im Moment nichts Besseres dazu einfällt.

Stina nickt. »Da kommt er«, zischt sie, »guck ihn dir selbst an.«

Der Typ schlendert durch die Reihen mit den Sträuchern auf uns zu. Er sieht wirklich aus wie eine Minivariante von Julien Bam. Wenn ich nicht ganz genau wüsste, dass Wandler nur die Gestalt von Tieren annehmen können, würde ich jetzt glatt denken, er steckt in dem Youtuber drin. Sein Haar ist schwarz. Es sieht aus, als hätte er vergessen, sich nach dem Aufstehen zu kämmen. Aber das ist wohl Absicht. Der Pony ist viel zu lang. Der Mini-Bam hat ihn schräg über sein linkes Auge gestylt. Er trägt schlabberige Jeans und darüber einen viel zu weiten schwarzen Hoodie.

»Hi«, sage ich, nachdem ich mich wieder gefasst habe. »Ich bin Lizzy. Camilla ist meine Tante.« Ich sehe ihm bedeutungsvoll in die Augen, damit er merkt, was er für einen Fehler gemacht hat.

Der Typ pustet sich den Pony aus dem Gesicht und nickt mir zu. Mein heftiges Blinzeln ignoriert er. »Ich bin Tim. Camilla ist die Freundin meiner Oma.« Er stutzt und starrt auf meine Schulter. Rasty war es auf meinem Pferdeschwanz wohl zu langweilig, anscheinend möchte sie mitbekommen, was hier vor sich geht. »Shit!«, entfährt es ihm. »Du bist die *Green Witch*!«

Ich verdrehe die Augen und Stina fängt an zu kichern.

Mist. Das läuft ja gar nicht gut. Wie hieß der Vergessensspruch noch gleich, den Camilla im Auto benutzt hat? Ich lege meine Hand auf Stinas Arm und sage versuchsweise: *»Lupuli strobulus!«*

Stina schaut mich an wie ein Auto, dann grinst sie. »Der war gut!« Sie sieht sich im Gewächshaus um. Ihr Blick bleibt an einem Topf mit langen Ranken hängen.

»Fragaria x ananassa!«, ruft sie und macht dabei wilde Bewegungen mit den Armen, als hätte sie einen Zauberstab wie Harry Potter.

Na, super. Das funktioniert ja bestens! Nur gut, dass Stina das alles als Witz aufgreift. Und zum Glück hat Camilla kleine Schildchen in die Pflanzenkübel gesteckt, auf dem die deutschen und auch die lateinischen Namen stehen, sodass ich nun zurückfeuern kann: *»Buxus sempervirens!«*

»Prunus laurocerasus!«, kontert Stina.

»Dumpfus backus«, lasse ich vom Stapel und schaue dabei Tim an.

Seine Augen funkeln. *»Kleinus zickus«*, zischt er. »Hexensprüche funktionieren während deiner Ausbildung übrigens nur, wenn du gleichzeitig das richtige Mittel benutzt. Nur mit Worten kannst du erst nach deiner Prüfung hexen.«

»Ja nee, is klar!« Stina fängt wieder an zu kichern. »Wie schräg bist du denn drauf?«

Ich werfe Tim einen bösen Blick zu. Den beherrsche ich bestens, dafür brauche ich keine Ausbildung. »Oh Mann, du raffst aber auch gar nichts!«, blaffe ich ihn an.

Zum Glück kommt in diesem Moment Camilla durch die Tür. »Ah, ihr habt euch schon kennengelernt«, ruft sie. Sie trägt zwei kleine Bananenstauden. »Tim? Stina? Könnt ihr mir die beiden Pflanzen bitte abnehmen und zu den Mangobäumchen in die Sonne stellen?«

»Klar, gerne, Camilla«, antwortet Stina und hüpft meiner Tante förmlich entgegen.

Das macht sie immer, wenn es ihr richtig gut geht, denke ich und muss grinsen. Ich bin froh darüber, so eine tolle beste Freundin zu haben. Und noch froher bin ich darüber, dass sie mich in meiner ersten Ausbildungswoche zur Kräuterhexe begleitet, auch wenn sie das leider nicht wissen darf. Wenigstens wird es mit ihr nie langweilig.

Camilla wartet, bis Stina und Tim mit den Pflanzen unter dem Arm abgedackelt sind, bevor sie fragt: »Ist alles in Ordnung, Elisabeth? Du siehst so gestresst aus.«

»Diese Dumpfbacke von Tim hat uns fast verraten!«, erkläre ich. »Er hat Stina und mich verwechselt und ihr von seiner Gestaltwandlung erzählt. Außerdem hat er sie *Green Witch* oder so genannt. Grüne Hexe, was ist das überhaupt für ein doofer Name!«

Meine Tante fängt an zu lachen. »Er hat lange Zeit in einer Gegend gelebt, wo man das in Hexenkreisen so sagt. Nimm es Tim nicht übel, er hat nicht damit gerechnet, dass gleich zwei hübsche junge Mädchen hier bei mir auftauchen. Seine Oma ist meine Freundin, ich habe versprochen, ihm zu helfen. Geplant war das alles allerdings nicht, er sollte eigentlich erst nach deiner Ausbildung kommen. Aber die plötzlichen Wandlungen traten immer häufiger auf. Er braucht dringend Hilfe. Nun habe ich eben den Keller umgeräumt und ihm dort ein Zimmer eingerichtet. So wie es aussieht, bleibt er drei oder vier Tage bei uns.«

Keller? Da gehört der auch hin, denke ich und grinse. »Aber doof gelaufen ist das schon, auch wenn Stina zum Glück glaubt, dass er einfach ein bisschen verrückt ist. Was wäre denn«, ich hole tief Luft und sehe Camilla direkt an, »wenn wir Stina einfach die Wahrheit sagen?« Das würde mir wirklich viel bedeuten. »Könnte sie die Hexenausbildung nicht mit mir gemeinsam absolvieren?«, fahre ich fort. »Alles wäre einfacher. Ich müsste nicht die ganze Zeit aufpassen, was Mr. Dumpfbacke als Nächstes ausplappert. Und außerdem ist Stina höllisch interessiert an Pflanzen und Kräutern. Es wäre bestimmt genau das Richtige für sie.«

»Das geht nicht, Elisabeth. Und das weißt du auch.«

»Nein, das weiß ich nicht. Es gibt doch Ausnahmen. Warum kann Stina denn keine sein? Sie ist wesentlich begabter als ich!« So langsam werde ich doch wieder wütend – immer diese Regeln und Verbote!

»Ja, ich glaube tatsächlich, dass deine Freundin eine gewisse Begabung hat. Aber ich bin überzeugt davon, dass du selbst wirklich auch sehr talentiert bist. In dir schlummert jede Menge Energie, Elisabeth Aurora Vermeer. Meinst du, ich hätte sonst so um dich gekämpft?« Sie lächelt. »In dir lodert ein Feuer, das sehr mächtig werden kann, wenn es in die richtigen Bahnen gelenkt wird. Du musst allerdings auch selbst wollen, sonst stehst du dir am Ende nur im Weg.«

In mir lodert ein Feuer? Das hört sich gut an! »Ich will ja, es ist nur so, dass …« Ich beiße mir auf die Lippe. Meine Hand wandert zu dem Stein in meiner Tasche.

»Ava«, stellt Camilla fest und seufzt. »Sie hätte dir den Aquamarin nicht geben dürfen.«

»Du hast gesagt, er habe hier keine Wirkung, deswegen habe ich ihn wieder eingesteckt.«

»Das stimmt, aber es sollte der Einen vorbehalten bleiben, dir deinen Stein zu Beginn deiner Ausbildung zu überreichen. Er ist das Herz einer Hexe und hilft beim Entfalten ihrer Macht. Dein wahrer Hexenstein wird ein Malachit sein, vielleicht ein Peridot – oder sogar ein Smaragd. Das finden wir morgen heraus. Auf alle Fälle aber wird er grün sein und nicht blau. Versteh mich nicht falsch, Elisabeth. Ich habe nichts gegen Ava. Sie ist dir in gewisser Weise ähnlich. Auch in ihr lodert ein Feuer. Aber sie ist manchmal sehr impulsiv. Es stand ihr nicht zu, dir einen Stein zu überreichen.«

Ich schweige einen Moment. Mein Verstand sagt mir, dass Camilla recht hat. Und es gefällt mir, dass sie denkt, ich sei sehr talentiert, und dass sie deswegen so um mich gekämpft hat. Aber irgendwas in mir wehrt sich dagegen. »Trotzdem habe ich das Gefühl, dass der Stein zu mir gehört«, beharre ich.

Camilla seufzt noch mal. »Ja, das habe ich befürchtet. Jetzt stellt sich nur die Frage, warum das so ist. Vergiss nicht, dass du ihn von einer Hexe bekommen hast. Vielleicht hättest du ein ähnliches Gefühl, wenn eine Wetterhexe dir einen Stein gegeben hätte oder eine Schattenhexe. Solch ein Stein kann Macht verleihen, aber auch Macht ausüben.«

»Du meinst, Ava hat ihn irgendwie verhext?«, frage ich.

Camilla denkt einen Augenblick nach. »Zumindest wäre es möglich. Das rauszufinden liegt am Ende an dir.«

»Und wie?«, frage ich.

»Wenn ich das nur wüsste«, antwortet Camilla. »Was hältst du davon, wenn wir einfach erst mal mit deiner Ausbildung beginnen? Vielleicht entdeckst du ja doch die Kräuterhexe in dir?« Camilla lächelt mich an. »Das hoffe ich sehr. Aber am Ende musst du dich für einen Stein entscheiden. Morgen bekommst du meinen. Und du kannst unmöglich beide gleichzeitig tragen. So leid mir das tut, das geht nicht.«

Sie ist eigentlich wirklich nett, denke ich. »Okay, dann lasse ich Avas Stein ab morgen im Kräuterglas«, lenke ich ein. »Apropos Ausbildung, Tim hat gerade gesagt, der Vergessensspruch funktioniert nur, wenn ich ein Mittel dazu benutze. Welches ist das denn?«

Camilla lächelt. Ihre Stimme wird etwas leiser, als sie erklärt: »*Lupuli strobulus* heißt Hopfenzapfen. Sie werden getrocknet und pulverisiert. Eine Prise reicht. Aber du darfst es nie leichtfertig verwenden.«

»Würde ich nie machen«, versichere ich.

»Das ist gut. Dann zeige ich dir morgen mal das Labor. Was hältst du davon?«

»Oh ja, unbedingt! Ist es in deinem Haus im Obergeschoss?«

Camilla runzelt die Stirn. »Wie kommst du denn darauf? Nein, es gibt einen geschlossenen Bereich im hinteren Teil des Gewächshauses«, erklärt sie. »Aber wie gesagt, mehr dazu morgen.« Sie deutet mit dem Kopf hinter sich. »Ich glaube, da kommt deine Freundin zurück.«

»Jepp!«

Camilla zwinkert mir zu, bevor sie laut sagt: »Es wird langsam Zeit fürs Abendessen. Ihr seid doch bestimmt hungrig, oder?«

»Habe ich da was von Abendessen gehört?«, fragt Stina, die gerade um die Ecke kommt.

Meine Freundin kann ständig futtern und denkt dauernd ans Essen, obwohl sie sehr schlank ist.

»Ich habe eben vorgeschlagen, dass ich uns eine Kleinigkeit koche«, erwidert Camilla.

Ich gebe Stina einen Stups mit dem Ellenbogen. »Wo warst du denn so lange?«

»Ich habe die beiden Stauden noch schnell gegossen, die haben die Blätter hängen lassen und sahen schon ganz unglücklich aus«, erzählt meine Freundin und sieht Camilla an. »Ich hoffe, das war okay. Ich habe die Gießkanne mit dem abgestandenen Wasser genommen, die dort steht.«

»Prima!«, sagt Camilla. »Da hast du instinktiv alles richtig gemacht!«

Stina strahlt vor Glück.

Dies zum Thema, wer hier eigentlich die Ausbildung absolvieren sollte, denke ich. Doch da fällt mir auf, dass Dumpfus backus verschwunden ist. »Wo ist denn Du… ich meine … Tim?«

Stina zuckt mit den Schultern. »Der hat die Staude neben meine auf den Boden gestellt – und weg war er. Wohin er verschwunden ist, weiß ich nicht. Komischer Typ irgendwie, wenn ich das mal so sagen darf. Vorhin hat er mich die ganze Zeit zugetextet und jetzt hat er kein Wort gesprochen.«

Camilla runzelt die Stirn, sagt aber nichts.

»Jungs!«, sage ich. »Die versteht doch eh niemand.«

Stina rollt mit den Augen. »Da hast du auch wieder recht.« Damit ist das Thema für meine Freundin erledigt. »Was ist, Camilla, sollen wir dir beim Kochen helfen? Ich habe einen Bärenhunger.«

Meine Tante lächelt Stina an. »Nein, Liebes. Ich mach das schon und rufe euch, wenn ich fertig bin. Hier gibt es doch bestimmt noch so einiges für euch zu erkunden. Ich wette, dass ihr noch nicht alles gesehen habt.«

»Alles klar!«, sage ich schnell. »Lass uns mal zum See gehen, Stina.«

Auf Gemüseschnippeln habe ich nämlich überhaupt keine Lust.

12.

Wir machen uns direkt auf den Weg und laufen einen kleinen Pfad entlang, der zwischen dem Haus meiner Tante und dem Gewächshaus entlangführt. Er ist komplett mit leuchtenden Kieselsteinen ausgelegt, rechts und links davon wachsen wunderschöne Blumen. Der Weg nimmt eine leichte Linkskurve und nun stehen wir direkt vor einem riesigen Gemüsebeet.

»Boah!«, macht Stina und reißt die Augen auf. In neun geraden Reihen, fein und sauber hintereinander gepflanzt, wächst hier alles, was gerade Saison hat. Am Rand stecken kleine Schilder, auf denen die Namen stehen. »Kartoffeln, Kürbisse, Rosenkohl, Pastinaken, Wirsing, Karotten, Kopfsalat – und sogar mein Lieblingsgemüse, Rote Beete!«, liest meine Freundin vor.

Meine Begeisterung hält sich in Grenzen. Das ist doch ein ganz normaler Gemüsegarten, denke ich. Aber irgendwo muss auch das coole Zeug wachsen. Das, mit dem Camilla ihre Hexentinkturen im Labor herstellt. Wer weiß, was es da so alles gibt! Vielleicht versteckt sich irgendwo ein Kraut, mit dem wir Dumpfus backus so richtig eins auswischen können. Pupskraut oder so.

Bei dem Gedanken muss ich grinsen und merke gar nicht, dass Stina schon weitergelaufen ist.

»Komm mal, Lizzy«, ruft sie.

Meine Freundin steht vor einer kleinen Treppe an Camillas Haus, die runter zu einer großen massiven Holztür führt, ähnlich wie die Eingangstür vorne.

»Was da wohl hinter ist?«, fragt Stina.

»Tante Camilla hat mir vorhin erzählt, dass Tim in einem Zimmer im Keller übernachtet. Vielleicht ist das ja der Eingang.«

»Der schläft im Keller? Brrr. Da ist mir der Turm aber lieber.«

»Jepp!« Ich greife nach Stinas Hand und ziehe sie weg. »Komm!« Ich will jetzt endlich zum See!

Doch plötzlich bleibt Stina stehen. Sie zeigt über meinen Kopf auf etwas hinter mir. »Bienen!«, flüstert sie.

Tatsächlich, hinter uns stehen drei richtig echte Bienenstöcke, so wie bei Opa Erhard, dem Vater meines Vaters. Der hat auch Bienen in seinem Garten und macht den besten Honig der Welt. Ein tiefes Summen erfüllt die Luft. Von meinem Opa weiß ich, dass Bienen friedliche Tiere sind und nur stechen, wenn sie sich angegriffen fühlen. Ich weiß aber auch, dass Stina höllische Angst vor den Tierchen hat, weil sie allergisch auf ihre Stiche reagiert.

»Lass uns lieber schnell verschwinden«, sage ich zu

meiner Freundin, die sich vor Schreck gar nicht mehr bewegt. Ich nehme wieder ihre Hand und ziehe sie hinter mir her. »Los, weg hier!«

Zum Glück kommen wir beide heil davon. Die Bienen haben sich überhaupt nicht für uns interessiert.

»Puh!«, macht Stina. »Das war knapp.«

Ich bin mir jedoch sicher, dass Camilla sofort ein passendes Gegenmittel für Stina gehabt hätte, wenn sie gestochen worden wäre. Der Gedanke beruhigt mich irgendwie. Kräuterhexe zu sein, hat auch seine Vorteile, denke ich, während wir dem Kiespfad weiter folgen.

Diesmal schlägt der Weg rechts herum eine Kurve. Und ich weiß auch ganz genau, was gleich hinter dem vielen Schilf auftauchen wird, das nun vor uns aufragt. Der See. Endlich!

Das Ufer ist dicht mit hohen Gräsern und Schilfrohr bewachsen. Dazwischen kann man das Wasser schimmern sehen. Libellen fliegen darüber hinweg, um kleine Fliegen zu fangen. Alles wirkt ruhig und friedlich.

Ein wohliges Gefühl macht sich in mir breit. Rechts von uns befindet sich ein Holzsteg, der hinaus aufs Wasser führt. Und daneben entdecke ich tatsächlich ein Ruderboot. Wir schlendern noch ein kleines Stück den Pfad entlang, laufen auf den Steg hinaus, setzen uns an den Rand und lassen die Beine baumeln. Das Wasser ist kühl, aber nicht so kalt, dass uns die Zehen abfallen würden. Vorhin hat es aus einiger Entfernung noch türkis geglitzert, jetzt aus der Nähe hat es sich in ein dunkles Blau, fast schon in ein tiefes Schwarz, verwandelt.

»Wie schön ist das denn, Lizzy!« Stina deutet auf den Horizont. »Die Sonne geht unter.«

Von einer Sekunde auf die andere leuchtet alles in einem strahlenden Orange, sogar der See. Ich bin mir sicher, dass ich noch nie zuvor so dermaßen intensive Farben gesehen habe wie jetzt in diesem Moment.

Stina legt sich auf den Rücken, die Arme hinter ihrem Kopf gekreuzt, und schaut in den Himmel. »Herrlich!«

Mein Blick bleibt weiter auf das Wasser gerichtet. Die untergehende Sonne spiegelt sich auf der glatten Oberfläche des Sees. Und ich spiegele mich auch, ganz klar und deutlich kann ich meine Gesichtszüge sehen. Ich lächle und winke mir zu. Da bemerke ich etwas Warmes in meiner rechten Hosentasche. Ich greife hinein und ziehe den Aquamarin von Ava hinaus. Meine Hosentasche ist nass, obwohl sie überhaupt nicht mit Wasser in Berührung gekommen ist. Verwundert reibe ich den Stein trocken. Von wegen, er verliert hier seine Wirkung!, denke ich. Im selben Moment höre ich ein leises Plätschern und schaue zurück aufs Wasser. Mein Spiegelbild ist verschwunden. Stattdessen ist es nun eine andere Gestalt, die mich angrinst und mir zuwinkt – Ava! Ich blinzele heftig mit den Augen und schaue genauer hin. Aber es ist immer noch Ava, die sich auf der Wasseroberfläche spiegelt. Ich neige den Kopf etwas nach rechts, dann nach links, und Ava folgt meinen Bewegungen. Doch als ich den Kopf noch weiter nach vorne beuge, spüre ich, dass Rasty ihren Lieblingsplatz verlässt und von meinem Zopf hinauf auf meinen Kopf klettert. Meine Hand schnellt nach oben.

»Vorsicht«, flüstere ich. »Nicht, dass du ins Wasser plumpst.«

Rasty krabbelt auf meine Handfläche. Behutsam setze ich sie auf meiner Schulter ab und schaue wieder aufs Wasser. Dort sehe ich jedoch nur wieder das blonde Mädchen mit dem Pferdeschwanz. Ava ist verschwunden. Auf der anderen Seite des Stegs plätschert es noch einmal kurz.

»Du hast sie erschreckt«, sage ich leise zu Rasty.

»Wen habe ich erschreckt?«, fragt Stina und richtet sich auf.

Schnell schüttle ich den Kopf. »Dich meinte ich nicht. Ich habe mich erschreckt, weil Rasty fast von meinem Kopf ins Wasser gefallen wäre«, flunkere ich.

»Ach ja, die Spinne habe ich fast schon wieder vergessen.« Stina streckt sich und hält Rasty ihre Hand hin. »Sie ist irgendwie selbstverständlich geworden.«

Doch Rasty denkt gar nicht daran, auf die Hand meiner Freundin zu krabbeln. Stattdessen huscht sie flugs an mir herunter und über die Holzbohlen bis auf die andere Seite des Stegs. Dort läuft sie aufgeregt am Rand hin und her.

»Was ist denn mit der los?«, fragt Stina und macht einen langen Hals. »Ich glaube, die wittert irgendwas.«

Und ich weiß auch, was! Die Stelle, an der Rasty sich aufhält, ist genau die, an der ich zuletzt das Plätschern gehört habe. Das muss Ava gewesen sein!

»Vielleicht hat sie was gehört«, überlegt Stina.

Ich schaue zu Rasty. Sie hat sich wieder beruhigt und sitzt jetzt ganz still da. »Also, Ohren hat sie keine«, stelle ich fest. »Wenn, dann hat sie was gesehen.« Und zwar eine Wasserhexe, die mich besuchen wollte, denke ich. Wenn das Camilla wüsste! Sie wäre bestimmt stinksauer. Was Ava wohl von mir wollte?

Stina überlegt einen Moment. »Stimmt, Spinnen haben ja gar keine Ohren. Und eine Nase hat Rasty auch nicht.«

»Sie hat Tasthaare an den Beinen«, erkläre ich meiner Freundin, froh darüber, dass ich auch mal was besser weiß. »Damit kann sie in gewisser Weise auch Geräusche und sogar Gerüche wahrnehmen. Habe ich gestern im Internet nachgelesen.«

Stina legt den Kopf schief und betrachtet Rasty eine Weile. »Stell dir mal vor, sie hätte Ohren und eine Nase. Das würde lustig aussehen.« Sie kichert. Dann grinst sie. »Das war echt doof von mir. Alle Insekten haben schließlich keine Ohren.«

»Doch, manche schon«, entgegne ich. »Nur eben nicht solche wie wir. Insekten, die selbst Geräusche machen, haben Hörorgane.« Ich lasse Rasty auf meine Hand klettern und setze sie wieder zurück auf meine Schulter. »Bei Heuschrecken und Grillen sitzen die zum Beispiel an den Beinen.«

Stina lacht. »Wäre bei uns unpraktisch, weil die Dinger die meiste Zeit in Hosen stecken.«

»Allerdings.« Ich lächle meine Freundin an. »Hab ich dir schon gesagt, wie froh ich bin, dass du hier bist?«

»Ich hab dich auch lieb«, sagt Stina und lächelt zurück. »Und weißt du, was echt praktisch ist? Ich interessiere mich für Pflanzen, du dich für Tiere. Ich backe und esse gerne, du machst dafür den Sport. Wir ergänzen uns perfekt!« Sie kichert und klopft sich auf den Bauch. »Ich hoffe, deine Tante kann gut kochen.«

»Ich auch.« Prompt knurrt mein Magen laut. »Wir können ja mal rüber ins Haus gehen.«

»Noch fünf Minuten.« Stina seufzt. »Es ist gerade so schön. Ist dir eigentlich aufgefallen, dass man hier gar keine Autogeräusche hört? Es ist ganz ruhig. Bis auf die Laute, die die Tiere von sich geben.«

»Ja.« Stina hat recht. Auf dem See schwimmen schnatternd ein paar Enten, irgendwo zwitschern Vögel und ab und an brummt eine Hummel an uns vorbei. »Fast wie im Märchen.« Mein Blick schweift über den See.

Da tippt Rasty mit einem ihrer Beine an meinen Hals. Und kurz darauf noch mal. Ich wende den Kopf zu der Seite, auf der sie sitzt – und blicke direkt in die bernsteinfarbenen Augen eines Fuchses, der nur wenige Meter von uns entfernt im Schilf steht und uns beobachtet.

Mein Herz pocht laut. Ich bin viel zu überrascht, um Stina auf unseren unerwarteten Besuch hinzuweisen. Ich sitze einfach ganz still und starre den Fuchs an. Habe ich diese Augen nicht schon mal gesehen?, durchzuckt es mich plötzlich. Kurz darauf stelle ich fest, dass ich recht habe. Der Fuchs dreht sich um und verschwindet aus meinem Blickfeld. Nur ein paar Sekunden später sehe ich einen dunkelhaarigen Jungen aus dem Schilf hervortreten und über die Wiese in Richtung des Gewächshauses gehen, so wie vorhin, als ich ihn vom Turm aus beobachtet habe.

»Da ist Dumpfus«, sagt Stina. »Wo kommt der denn auf einmal her?«

Ich bin immer noch so perplex, dass mir die Worte fehlen, und starre Tim einfach nur hinterher. Zwar habe ich schon viel von Gestaltwandlern gehört, kennengelernt habe ich jedoch bisher keinen.

»He!« Stina knufft mich in die Seite. »Erde an Lizzy. Bitte melden!«

Ich räuspere mich. »Ähm – keine Ahnung! Vielleicht wollte er zum See und hat wieder umgedreht, als er uns gesehen hat?« Ich versuche, mich zu konzentrieren. »Was hat er vorhin noch mal genau gesagt?«

»Er hat gar nicht mehr mit mir gesprochen. Stattdessen hat er die ganze Zeit ein finsteres Gesicht gezogen.«

»Nein, ich meine, als ihr euch zum ersten Mal gesehen habt.«

»Ach so.« Stina schnaubt. »Er hat erzählt, dass er ein Gestaltwandler ist, aber seine Gabe nicht kontrollieren kann. Es würde einfach so passieren, wenn er gar nicht damit rechnet. Und weil das gefährlich ist, ist er nun hier, damit Camilla ihm ein Mittel dagegen zusammenbraut. Lauter so Zeug. Wieso fragst du?«

»Ach, nur so. Ist ein komischer Typ, oder?«

»Absolut. Aber weißt du, was besonders irre ist? Ich hatte nicht das Gefühl, dass er mich verarschen wollte. Ich denke, der meinte das tatsächlich ernst.« Stina legt den Kopf schief und sieht mich an. »Schon irgendwie psycho, oder? Meinst du, er ist gefährlich?«

Jetzt muss ich mich zum Glück nicht verstellen – das ist er ganz sicher nicht. »Glaubst du wirklich, meine Tante würde ihn dann auf uns loslassen?«, frage ich zurück.

Stina schüttelt langsam den Kopf. Sie sieht sehr nachdenklich aus. »Aber, Lizzy ... Was wäre denn ... nur mal angenommen ... wenn er wirklich seine Gestalt ändern könnte? Ich meine ... jetzt lach mich bitte nicht aus ... aber was, wenn es vielleicht doch Dinge geben würde, von denen wir bisher gar nichts wussten?« Meine Freundin schaut mich ernst an. Dann seufzt sie. »Ich weiß auch nicht, aber irgendwie habe ich das Gefühl, dass hier einiges nicht mit rechten Dingen zugeht. Und versteh mich jetzt bloß nicht falsch, du weißt, ich mag deine Tante, die ist echt total cool, aber ich habe ständig das Gefühl, dass sie …« Stina denkt kurz nach. »… na ja, ein Geheimnis hat. Vielleicht hat sie ja eine besondere Gabe wie Hellsehen oder so. Verstehst du, was ich meine? Oder bin ich einfach nur total bescheuert?«

»Nein, bist du nicht«, erkläre ich sofort. Oh Mann. Ich fühle mich so schlecht Stina gegenüber. Und sie tut mir so leid, weil sie sich solche Gedanken macht und wahrscheinlich nie die Wahrheit erfahren wird. »Camilla ist etwas ganz Besonderes, das Gefühl habe ich auch«, sage ich lahm.

»Boah, das beruhigt mich jetzt aber.« Stina lächelt schelmisch. »Wir sind ja noch ein paar Tage hier, vielleicht finden wir was raus.«

Lupuli strobulus, denke ich. Und finde, dass Stina auch etwas ganz Besonderes ist. Sie hat von Anfang an gesagt, dass Camilla sie an eine Hexe erinnert. Und bei Tim hatte sie auch gleich das richtige Gefühl.

»Mal was anderes. Hast du gehört, wie mein Magen gerade geknurrt hat?«, frage ich. Mit Essen kann man Stina immer ablenken.

Meine Freundin reagiert sofort, wie ich es mir gedacht habe. Sie springt auf und hält mir ihre Hand hin, um mich hochzuziehen »Lass uns mal nachschauen, was Camilla für uns gezaubert hat«, sagt sie – und kichert. »Das mit dem Zaubern habe ich natürlich nicht wörtlich gemeint.«

13.

Wir schlendern den schmalen Kieselsteinpfad zurück, vorbei an den Bienenstöcken, der Kellertür und dem Gemüsebeet. Ob Tim wieder zu Hause ist? Wie sich das wohl anfühlen mag, wenn man plötzlich im Körper eines Tieres steckt?

»Riechst du das, Lizzy?« Stina reißt mich aus meinen Gedanken.

»Nee, was denn?«

Meine Freundin deutet mit dem Kopf zu dem offen stehenden Küchenfenster.

»Es duftet eindeutig nach Tomatensoße und frischem Basilikum. Außerdem hat Camilla definitiv etwas gebraten. Ich wette, es gibt Spaghetti bolognese.«

Ich schnuppere. Stina hat recht. »Lecker!«

Wir rennen los und sind ein bisschen aus der Puste, als wir endlich in der Küche stehen.

»Perfektes Timing!« Camilla strahlt uns an. »Das Essen ist so gut wie fertig. Ich hoffe, ihr mögt Spaghetti bolognese.«

»Oh ja, das ist mein Lieblingsessen!« Stina sieht sich kurz um. »Wir essen doch bestimmt im Wohnzimmer am Esstisch, oder?« Sie schnappt sich wie selbstverständlich die Teller, die schon auf der Arbeitsplatte stehen. »Ich decke schon mal.« Wenn meine Freundin richtig gute Laune hat, geht sie nicht, sie hopst! So wie jetzt.

»Das ist Stinas Mir-geht-es-gut-Gang«, erkläre ich meiner Tante.

»Das ist nicht zu übersehen.« Camilla lächelt. »Schön, dass du eine so gute Freundin hast.«

»Ja«, sage ich.

Ich überlege kurz, ob ich meiner Tante von dem Aquamarin erzählen soll und von Ava, die plötzlich im See erschienen ist. Aber ich entscheide mich dafür, lieber alles für mich zu behalten. Camilla ist nicht gut auf Ava zu sprechen, wer weiß, was ihr dazu einfällt.

Da ruft Stina aus dem Wohnzimmer: »Es sind nur drei Teller, isst Dumpfus nicht mit?«

»Sie meint Tim«, erkläre ich und grinse breit.

»Nein, er hat keinen Hunger«, antwortet Camilla. »Sei so lieb und stell auch direkt Gläser auf den Tisch, Stina. Sie stehen im Buffetschrank neben dem Ficus.«

»Mach ich.«

»Kann Tim sich in einen Fuchs verwandeln?«, frage ich leise. »Eben stand einer im Schilf und hat uns beobachtet.«

Camilla runzelt die Stirn. »Also ist es schon wieder passiert.« Sie seufzt. »Deswegen möchte er wahrscheinlich nichts essen. Er wird müde sein. Wandeln ist sehr anstrengend, besonders, wenn man noch unerfahren ist und es nicht steuern kann, so wie Tim.«

»Kannst du ihm denn helfen?«

Camilla zwinkert mir zu. »Vielleicht finden wir beide zusammen ja das passende Mittel. Das wäre doch eine schöne Ausbildungsaufgabe, was meinst du?«

»Warum nicht?« Eben wollte ich ihn noch mit Pupskraut ärgern, jetzt soll ich ihm helfen. Aber das ist letztendlich ja auch Sinn der Sache: Kräuterhexen heilen nun mal. Und der Gedanke, ein Heilmittel gegen unkontrolliertes Wandeln zusammenzubrauen, gefällt mir irgendwie. Besser jedenfalls als Warzensalben oder so was.

»Fertig«, ruft Stina. »Fehlt noch das Besteck.«

Camilla drückt mir eine Schüssel Parmesan in die Hand. »Löffel und Gabeln sind in der Schublade gleich neben dem Herd.«

Ich hole das Besteck, gehe rüber ins Wohnzimmer, stelle den Käse auf den großen Holztisch und setze mich neben meine Freundin.

»Das riecht so gut, mein Loch im Bauch wird immer größer«, sagt sie.

Da kommt Camilla endlich mit einem großen, dampfenden Topf selbst gemachter Nudeln um die Ecke. »Bedient euch schon mal, ich hole die Soße.«

»Mhhh, das riecht aber gut, ich liebe den Duft von

frischem Basilikum«, sagt Stina, als Camilla die Bolognese auf den Tisch stellt. Sie schnuppert. »Was ist da noch drin? Oregano? Thymian?«

Meine Tante lächelt. »Und noch ein paar andere, streng geheime Zutaten. Aber jetzt langt zu, ihr müsst ja einen Bärenhunger haben.«

»Streng geheim?«, fragt Stina und greift beherzt zu.

Auch ich schaufle mir eine ordentliche Portion auf meinen Teller.

»Es ist ein altes Familienrezept«, erklärt Camilla.

»Mmh, das ist aber lecker!«, sage ich überrascht, nachdem ich den ersten Löffel probiert habe. Ich habe mir schon gedacht, dass Camilla als Kräuterhexe gut kochen kann – aber dass es so gut sein würde ... es ist geradezu überwältigend lecker! Ob da eine Art Leckerschmecker-Kraut drinsteckt? Stina nickt mit vollem Mund. Ihr scheint es die Sprache verschlagen zu haben.

»Schön, dass es euch schmeckt.« Camilla lächelt. »Wenn du willst, verrate ich dir das Rezept, Elisabeth.«

Mir? Nicht Stina? »Oh ja, das wäre super.«

»Boah, hast du ein Glück, Lizzy.« Stina nimmt noch eine Gabel voll und verzieht genussvoll das Gesicht. »Dann kannst du immer für mich kochen. Das ist echt megalecker.«

»Mach ich!« Deswegen mag ich meine Freundin so sehr. Sie ist kein bisschen eifersüchtig. Sie freut sich für mich und moppert jetzt nicht rum, weil Camilla ihr das Rezept nicht verraten will.

»Konntet ihr denn alles erkunden?«, fragt Camilla da. »Habt ihr am See den Sonnenuntergang mitbekommen? Er schien mir heute besonders intensiv zu sein.«

»Wir haben auf dem Steg gesessen, bis die Sonne fast komplett untergegangen war«, erzähle ich. »Außerdem haben wir die Bienenstöcke entdeckt. Ich wusste gar nicht, dass du Honig machst, Camilla.«

Meine Tante lächelt. »Ja, und zwar ziemlich guten, wenn ich das mal so sagen darf. Das ganze Dorf kauft seinen Honig bei mir. Ich biete nämlich nicht einfach nur Honig, sondern für jedes kleine Wehwehchen eine ganz spezielle Sorte. Von Kopfschmerzen bis zur Erkältung kann man mit meinem Honig fast alles kurieren.«

»Krass«, entfährt es Stina. »Hilft er auch gegen Allergien? Ich reagiere nämlich allergisch gegen Bienenstiche.«

»Da würde ich mal den ganz reinen Honig versuchen. Ich habe heute erst Scheibenhonig geerntet – für Elisabeth.« Camilla sieht mich an. »Deine Mutter hat mir verraten, dass du ihn für dein Leben gern isst. Vielleicht gibst du deiner Freundin etwas davon ab.«

»Das ist Honig, der sich noch in einer Wabe befindet«, erkläre ich Stina. »Man kann alles komplett mitessen. Mir schmeckt er am besten auf einem frischen Brötchen mit Butter. Wenn wir bei meinem Opa sind, bekomme ich ihn immer zum Frühstück.«

»Klingt lecker«, sagt Stina. »Gibt es hier in der Nähe denn eine Bäckerei?«

»Im Dorf, aber die brauchen wir nicht. Ich backe selbst, Brot und Brötchen kommen immer frisch aus dem Ofen.«

»Oh, kann ich da helfen? Brot habe ich noch nie selbst gebacken.«

Camilla lacht laut. »Wenn du morgens um fünf aufstehen willst? Der Teig muss ordentlich gehen, bevor er in den Ofen kommt.«

Meine Freundin scheint tatsächlich darüber nachzudenken. Ich trete ihr leicht mit dem Fuß gegen das Schienbein, bevor sie auf dumme Gedanken kommt, und werfe ihr einen bösen Blick zu. Wenn Stina so früh aufsteht, werde ich nämlich auch wach, und darauf habe ich gar keine Lust.

Camilla lacht noch ein bisschen lauter. »Schlaft ihr beiden mal aus. Ich würde vorschlagen, dass wir am Mittwochabend eine kleine Backstunde einlegen. Dann kannst du am Donnerstag ein frisch gebackenes Brot mit nach Hause nehmen. Was meinst du?«

Stina bekommt glänzende Augen. »Das wäre so was von cool!«

»Dann machen wir das so. Und morgen zeige ich

euch alles im Gewächshaus. Danach werden wir direkt mit der Herstellung einfacher Salben und Tinkturen beginnen.«

»Oh ja«, sage ich.

Dabei wird mir klar, dass ich mich jetzt tatsächlich auf meine Kräuterhexenausbildung freue.

»So, ihr Lieben, es ist kurz nach acht. Ich würde vorschlagen, ihr macht es euch jetzt in eurem Zimmer gemütlich«, sagt Camilla, nachdem wir aufgegessen haben und pappsatt sind. »Ich muss noch ein bisschen arbeiten, ein Berg Bürokram wartet auf mich. Ihr könnt einen Film anschauen, wenn ihr wollt, oder einfach eine Runde chillen, ganz wie es euch beliebt.«

Hat meine Tante da gerade chillen gesagt? Das passt gar nicht zu ihr und klang lustig. Und das mit dem Bürokram glaube ich auch nicht. Bestimmt experimentiert sie gleich noch in ihrem Labor herum. »Film gucken klingt gut, oder, Stina?«

Sie grinst. »Chillen aber auch.«

Im Geiste sind wir eben doch Zwillingsschwestern! Stina fand es auch ulkig, dass Camilla dieses Wort benutzt hat.

Wir stehen auf, stapeln das Geschirr zusammen und tragen es in die Küche. Ich suche nach einer Geschirrspülmaschine, finde aber keine.

»Sollen wir dir noch beim Spülen helfen, Camilla?«, frage ich.

»Nein, ich erledige das schon.« Camilla zwinkert mir zu. Ich schätze mal, dass in ihrem Haushalt gehext werden darf! »Macht es euch in eurem Turm gemütlich. Wenn ihr irgendetwas braucht, zögert nicht, euch zu bedienen. Der Kühlschrank ist voll. Und denkt daran, vor dem Schlafengehen noch mal zur Toilette zu gehen! Ihr habt ja sicher schon bemerkt, dass da oben leider kein Badezimmer ist.«

»Machen wir. Danke, Camilla.«

»Ja, danke!«, sagt auch Stina. »Es ist wirklich schön hier.«

»Kein Hunger!«, sagt Stina, als wir rüber zum Turm laufen, und schaut mich vielsagend an. »Ich schätze mal, Dumpfus ist so alt wie mein Bruder, also vielleicht vierzehn Jahre alt. Glaub mir, Jungs in dem Alter futtern ständig, und zwar ganze Schüsseln leer.«

Ich hatte Tim schon fast wieder vergessen. »Scheint dich ja ganz schön zu beschäftigen, der Typ«, foppe ich meine Freundin. »Ich dachte immer, du stehst nicht auf Dunkelhaarige, schon gar nicht auf solche Styler. Der muss ja erst seinen Pony wegpusten, damit er was sehen kann!«

»Ich steh ja auch gar nicht auf den!« Stina schubst mich ein wenig zur Seite.

»Schon klar. Du machst dir nur so viele Gedanken, weil du ihn nicht leiden kannst.« Ich grinse.

»So wie du meinen Bruder«, kontert Stina.

»Der ist aber auch wirklich ganz süß«, gebe ich zu. »Wenn er nicht dein Bruder wäre.«

Stina schubst mich noch einmal. »Da ist er übrigens.«

»Dein Bruder? Wo?«

»Is klar!« Stina bleibt stehen und deutet mit dem Kopf in Richtung Gewächshaus, aus dem Tim gerade kommt, und zwar genau auf uns zu. Die Hände hat er tief in den Hosentaschen vergraben. Sein Blick ist auf uns gerichtet.

Die Fuchsaugen, denke ich, als Tim vor uns stehen bleibt. Es fällt mir schwer, nicht zu lachen, als er seine Ponyfransen aus dem Gesicht pustet und sagt: »Girls, was geht?«

»Nix«, antwortet Stina. »Und bei dir so?«

Ich schiele rüber zu meiner Freundin. Hat der Typ tatsächlich gerade Girls gesagt? Ich beiße mir auf die Unterlippe, um nicht doch noch loszuprusten. Stina hingegen sieht nicht so aus, als würde sie jeden Moment loskichern. Im Gegenteil! Sie lächelt ihn an! Hab ich ja wohl doch recht gehabt …

»Auch nix.« Er sieht sich um. »Ist ja nicht besonders viel los hier.«

»Wir gucken jetzt einen Film«, sagt Stina. Ihre Stimmt klingt zuckersüß.

»Mädelsabend«, betone ich schnell, bevor hier irgendjemand auf falsche Gedanken kommt.

»Schon klar!« Tim grinst mich an. Wenn er nicht so düster dreinblickt, sieht er sogar ganz nett aus, muss ich zugeben. »Ich wollte mich eigentlich auch nur bei euch entschuldigen. War ein doofer Scherz vorhin, das mit dem Gestaltwandler.«

Ah, daher weht der Wind, denke ich. Bestimmt hat Camilla ihm einen Einlauf verpasst. Hoffentlich hat er jetzt verstanden, dass Stina nichts von seiner Gabe wissen darf!

»So schlecht war der gar nicht«, sagt meine Freundin. »Ich hab's dir fast geglaubt.«

»Tja, Schauspielunterricht in der Theater-AG.« Tim pustet wieder seinen Pony weg.

Ich kann gar nicht anders, ich muss einfach fragen: »Stört dich das nicht mit den Haaren im Gesicht?«

»Fragt das Mädchen, das eine Spinne als Haarspange benutzt«, gibt Tim zurück.

Stina fängt an zu kichern. »Sorry, Lizzy, aber da hat er ausnahmsweise recht.«

Ich brauche einen Moment, bis ich mir eingestehe, dass Tim gut gekontert hat. »Sie heißt Rasty. Camilla hat sie mir geschenkt.« Ich greife nach hinten in meinen Pferdschwanz. »Komm her, Süße, da will dich jemand kennenlernen.«

Tim geht einen Schritt zurück und hebt abwehrend

beide Hände. »Sorry, ich find das ja echt cool, aber Spinnen sind nicht mein Fall.«

»Na gut.« Ich setze Rasty auf Stinas Schulter. Es wundert mich zwar, dass ein Gestaltwandler Bammel vor Spinnen hat, aber letztendlich ist er im echten Leben doch nur ein normaler Junge. Und meine Mutter ist schließlich auch Hexe und mag Spinnen nicht.

»Ich bin Rastys Patentante«, erklärt meine Freundin stolz. »Sie ist ganz zahm.«

Tim schüttelt sich. »Sieht trotzdem gruselig aus. Sie ist verdammt haarig!«

Es gefällt mir, dass Tim jetzt nicht einen auf dicke Hose macht, sondern zugibt, dass er Spinnen nicht mag. »Rasty ist wirklich harmlos. Du gewöhnst dich bestimmt noch daran«, sage ich.

Aus dem Walnussbaum vor dem Haus ertönt plötzlich ein lautes Krächzen. Ich schaue genauer hin und entdecke eine große schwarze Dohle, die zu uns rüberzuschauen scheint.

»Ich muss dann mal los«, sagt Tim.

»Wohin denn?«, fragt Stina.

»Muss noch lernen.«

»In den Ferien?«

Tim zuckt mit den Schultern. »Schule halt. Ich habe die letzten Jahre in London gelebt und muss jetzt ein paar Sachen nachholen.« Er hebt die Hand zum Abschied und geht. »Man sieht sich. Schlaft gut, Girls!«

»Und du stehst doch auf den«, sage ich, als ich hinter Stina die Treppenstufen hinauf in unser Turmzimmer gehe.

»Quatsch!«

»Aber so was von! Du kannst es ruhig zugeben. Das habe ich daran gemerkt, wie du ihn angesehen hast.«

Meine Freundin bleibt stehen und dreht sich zu mir um. »Na gut, aber du musst mir versprechen, nicht zu lachen und keine doofen Sprüche zu machen!«

»Versprochen.«

»Ich mag seine Rehaugen.«

»Seine was?« Ich pruste los.

»Boah, du bist doof!«, mault Stina.

»Sorry.« Ich beiße mir auf die Unterlippe. »Das wollte ich nicht, echt nicht.« Es ist nur so, dass es wohl Fuchsaugen sind, aber das darf ich meiner Freundin ja leider nicht verraten …

14.

»Das mit dem Badezimmer ist echt doof.« Stina rekelt sich auf ihrem Sitzsack. »Ich hab überhaupt keine Lust, jetzt noch mal rüber ins Haus zu gehen.«

»Frag mich mal!« Ich gähne herzhaft. Wir haben schon kurz vor Mitternacht. Den restlichen Abend haben wir damit verbracht, einen Film anzusehen, Gummibärchen zu futtern und Apfelschorle zu trinken.

»Hauptsache, ich muss mitten in der Nacht nicht raus.« Stina sieht mich an. »Allein geh ich dann nämlich nicht rüber.«

»Ich auch nicht!«

»Gut, dann wecken wir uns gegenseitig.«

»Abgemacht! Sollen wir jetzt zusammen gehen?« Ich lächle Stina an. »Zähneputzen nicht vergessen!« Das sagt ihre Mutter immer zu uns, wenn ich bei Stina übernachte – als wären wir fünf Jahre alt!

»Ja, Mama.« Sie grinst. Dann seufzt sie tief auf. »Heute bin ich wirklich müde. Das war alles voll aufregend.«

Wir schälen uns aus den bequemen Sitzsäcken und holen unsere Kosmetikbeutel aus den Schränken.

»Zum Glück ist der Turmaufgang beleuchtet«, sagt Stina, während wir die Treppenstufen nach unten gehen. »Ich hab schon befürchtet, Camilla drückt uns ein paar Kerzen in die Hand.«

»Die Kerzen wären jetzt allerdings nicht schlecht«, stelle ich kurz darauf fest – denn draußen ist es inzwischen stockdunkel. Dicke Wolken haben sich vor den Mond geschoben. Man kann nicht viel sehen, dafür aber hören. Ganz in der Nähe schreit eine Eule, im Gebüsch neben uns raschelt etwas. Vielleicht ein Fuchs? Mir läuft ein Kribbeln den Rücken hinunter.

Stina greift nach meiner Hand. »Hoffentlich kann der Schreiner die Treppe bald reparieren, damit du ins Haus umziehen kannst, wenn ich weg bin.«

Ein mulmiges Gefühl macht sich in mir breit. Daran habe ich überhaupt noch nicht gedacht. Wenn Stina weg ist, müsste ich ja allein den dunklen Weg rüber zum Haus gehen! Dann würde ich wirklich lieber im Haus schlafen, notfalls auch auf der Couch im Wohnzimmer. Die sah ganz gemütlich aus. Oder … »Ich hab eine bessere Idee«, sage ich und versuche, Stina im Dunkeln anzusehen. »Du musst einfach hierbleiben!«

»Würde ich gerne. Aber das erlauben meine Eltern bestimmt nicht. Die wollen, dass ich mit ihnen Urlaub mache.«

Ich nicke. Das weiß ich natürlich schon. Aber traurig bin ich trotzdem ein wenig deswegen.

»Komm!«, sagt Stina.

Hand in Hand gehen wir los, bleiben aber nach den ersten Schritten überrascht stehen. Wie von Zauberhand sind links und rechts des Weges kleine Lampen angesprungen, vom Turm bis zum Haus. Sie sind nicht besonders hell, verbreiten aber genug Licht, sodass man alles sehen kann.

»Hier muss irgendwo ein Bewegungsmelder sein. Deine Tante ist echt genial!«, sagt Stina erleichtert.

»Das stimmt. Das ist sie.«

Im Haus ist alles still. »Ich glaub, Camilla schläft schon«, flüstere ich.

Weil wir sie nicht wecken wollen, machen wir möglichst nicht viel Krach im Bad und beeilen uns.

Die große Standuhr im Wohnzimmer schlägt in einem dumpfen Glockenton gerade zur vollen Stunde, als wir fertig sind und zurück zur Haustür gehen.

»Mitternacht«, sage ich. »Geisterstunde.«

Stina kichert. Da höre ich direkt über uns ein Knarzen. Stina hat es auch gehört. Wir bleiben beide stehen und lauschen.

»Das sind Schritte! Da oben ist jemand!«, wispert Stina. »Vielleicht hättest du das mit der Geisterstunde eben nicht sagen sollen.«

Meine Freundin hat recht. Die Holzdielen über uns knarren. Da geht jemand!

»Bestimmt Camilla«, flüstere ich. »Die wollte doch

noch Bürokram erledigen. Vielleicht ist da oben ihr Arbeitszimmer?«

»Aber sie hat doch gesagt, dass Holzwürmer die Treppe aufgefressen haben. Und dass man nicht nach oben gehen darf, weil es zu gefährlich ist.« Stina deutet mit dem Kopf in die andere Richtung. »Lass uns nachschauen, ob sie im Bett liegt.«

»Okay.«

Wir schleichen uns durch den Flur bis zum Schlafzimmer. Die Tür steht einen Spaltbreit offen. Ich drücke sie vorsichtig auf – da geht das Licht im Zimmer an. Erschrocken fahren Stina und ich zusammen. Doch es ist nur Camilla. Sie hat die Nachttischlampe angeknipst, sitzt aufrecht im Bett und starrt uns verwirrt an. »Elisabeth? Stina? Könnt ihr nicht schlafen?«

»Da ist jemand in der oberen Etage«, sage ich. »Wir waren gerade im Bad, und als wir zurückgehen wollten, haben wir es ganz deutlich gehört.«

Camilla lächelt. »Dies ist ein sehr altes Haus, wisst ihr? Das Holz dehnt sich bei Temperaturwechsel aus. Deshalb knarzt es nachts oft laut.«

Stina schüttelt vehement den Kopf. »Da waren Schritte, ganz sicher. Das Haus meiner Oma hat auch manchmal geknarzt. Aber das hat sich ganz anders angehört.«

»Dann schauen wir mal nach.« Camilla klettert aus ihrem Bett. In ihrem Blümchennachthemd und mit dem Dutt auf dem Kopf sieht sie irgendwie niedlich aus. Sie schlüpft in rosafarbene Puschen und schlurft damit durch den Flur vor uns her.

Vor dem Bad bleiben wir stehen und lauschen. Doch es bleibt still. Es ist kein Geräusch mehr zu hören.

»Vielleicht hat sich ja ein Tier nach oben verirrt«, sagt Camilla.

»Das war aber dann ein schweres Tier«, entgegnet Stina.

»Es war bestimmt eine Katze.« Camilla sieht mich eindringlich an. »Oder der Fuchs, der sich hier manchmal rumtreibt.«

Sie meint Tim! Das könnte natürlich sein ... Vielleicht hat er sich als Fuchs raufgeschlichen, weil er genauso neugierig war wie wir, und sich dann schneller zurückverwandelt, als er geahnt hat?

»Ein Fuchs, hier im Haus?«, fragt Stina.

Camilla nickt. »Der Ganove weiß, dass ich oben noch eine Speisekammer habe.«

»Scheint ja ein schlauer Fuchs zu sein«, sagt Stina skeptisch. »Er hat uns auf jeden Fall einen ganz schönen Schrecken eingejagt.«

»Kann ich verstehen. Hier auf dem Land ist ja auch einiges anders«, erklärt Camilla. »Soll ich euch zurück in euren Turm bringen oder traut ihr euch allein?«

»Kriegen wir hin«, antworte ich. »Oder, Stina?«

Kurz darauf stehen wir draußen vor der Tür. Die

kleinen Lämpchen springen an und leuchten uns den Weg zurück bis zu unserem Turm.

»Was für eine Aufregung«, sagt meine Freundin. »Und? Glaubst du das mit dem Fuchs und der Speisekammer? Also, mir kam das irgendwie komisch vor. Das Knarzen klang eindeutig nach Schritten.«

Ich will gerade zu einer Antwort ansetzen, da geht hinter uns die Tür noch mal auf. Ein rotbraunes Tier mit buschigem Schwanz huscht durch den Spalt und läuft auf eine Hecke zu.

»Das gibt's doch nicht!«, flüstert Stina.

Camilla streckt ihren Kopf zur Tür raus. »Hab ich doch gesagt, der Fuchs war's! Ich schätze mal, er hat sich durch eins der Kellerfenster reingeschlichen. Gute Nacht, ihr beiden, schlaft schön.«

»Gute Nacht, Camilla«, sagen wir beide gleichzeitig.

»Puh war das anstrengend, jetzt bin ich aber wirklich müde!« Mit einem langen, herzhaften Gähnen lässt Stina sich wenig später in ihr Bett fallen.

Auch ich mache es mir gemütlich, lasse aber noch einen Moment die Nachttischlampe an. »Pass mal auf, was gleich passiert.«

Ich kuschele mich in meine Daunendecke und warte. Es dauert nicht lange, da bewegt sich ein dunkelgrünes Deckchen wie von Zauberhand über den Boden, genau auf mein Bett zu. Ich habe es extra vorhin neben die Bananenstaude gelegt, weil ich es so süß finde, wenn Rasty es durch das Zimmer schleppt, nur um bei mir schlafen zu können.

»Mich wundert hier echt so was von gar nichts mehr«, murmelt Stina.

»Sie schläft eben nicht gerne allein.« Ich hebe das Deckchen an, das jetzt neben meinem Kopfkissen liegt. »Nicht wahr, Rasty?«

»Ja, schon klar. Ist ja auch voll normal, dass Vogelspinnen ihre Kuscheldecken ins Bett zu ihrer Spinnenmama bringen.«

»Vielleicht nicht normal, aber irgendwie süß, oder?«

»Absolut. Solange sie nicht auf die Idee kommt, mich heute Nacht zu besuchen.« Stina gähnt noch einmal herzhaft. »Aber jetzt lass uns schlafen.«

»Gute Nacht, Stina.« Ich knipse die Lampe aus.

»Nacht, Lizzy. Ich bin froh, dass du meine Freundin bist. Schlaf gut, bis morgen.«

»Ich bin auch froh, dass du meine Freundin bist, Stina. Morgen wird es bestimmt spannend, wenn wir die Tinkturen machen. Freust du dich?«

Stina antwortet mit einem leisen Schnarchen. Sie muss wirklich platt sein, sonst bin ich immer die Erste, die einschläft. Auch meine Spinnenfreundin scheint müde zu sein. Sie hat es sich auf ihrem grünen Deckchen gemütlich gemacht und bewegt sich nicht mehr. Gut, dass sie keine Nase hat, denke ich, sonst würde sie mir vielleicht auch noch was vorschnarchen.

Ich schließe meine Augen und lasse den Tag Revue passieren. Ich denke an Tim, an die Bienen, den Sonnenuntergang und natürlich an die Sache mit dem Knarzen in Camillas Haus. Und dann fällt mir wieder der See ein – und Ava. Es ist schön, dass sie mich besucht hat. Ob sie mir etwas mitteilen wollte? Eine angenehme Wärme breitet sich in mir aus. Ich höre Wellen rauschen und werde immer müder.

Doch plötzlich verstummt das Meeresrauschen. Alles ist merkwürdig still um mich herum, noch nicht einmal Stinas sanftes Schnarchen kann ich hören.

Ich öffne die Augen wieder. Vor mir steht jetzt ein riesiges orangefarbenes Gebilde. Irgendwo habe ich so etwas schon mal gesehen. Nur wo? Ich schaue hinauf und entdecke einen grünen Stiel. Das ist ein Kürbis! Und daneben liegen noch mehr. Solche habe ich heute Nachmittag doch in Camillas Gewächshaus schon mal gesehen. Allerdings waren die nicht so riesig wie die hier. Ich drehe mich um und entdecke ein paar knackige rote Äpfel, die fast genau so groß sind wie ich. Hat Camilla etwa das Gemüse und das Obst großgehext? Oder bin ich geschrumpft, wie Alice im Wunderland? Träume ich? Oder bin ich wach?

»Stina«, will ich rufen, aber ich weiß nicht mehr, wie das geht. Ich bin winzig klein und stumm noch dazu. Hoffentlich träume ich gerade wirklich, sonst habe ich nämlich ein gewaltiges Problem!

Aufwachen, Lizzy!, denke ich und will mir in den Arm kneifen. Aber das funktioniert nicht, denn anscheinend habe ich auch keine Hände mehr. Ich hebe meinen Arm an, um nachzuschauen, was da nicht stimmt – und sehe rotbraune lange Haare. Und es ist kein Arm, sondern ein Bein, das ich gerade hochhalte, und zwar eins von meinen acht. Ich sehe aus wie Rasty. Ich bin eine Spinne! Mir wird abwechselnd heiß und kalt. So langsam bricht Panik in mir aus.

Ruhig, Lizzy, denk nach!

Ich träume. Das muss die Erklärung sein. Oder bin ich vielleicht auch eine Gestaltwandlerin? Gibt es Menschen, die sich in Spinnen verwandeln können? Noch dazu in ihr eigenes Haustier?

Nein, ich bin eine angehende Hexe, sage ich mir, nicht mehr und nicht weniger. Das *muss* ein Traum sein!

Da vibrieren plötzlich die Härchen an meinen Beinen, und ich weiß instinktiv, dass jemand kommt. Schnell, ich muss mich verstecken! Ich krabble um den Kürbis herum. Es fühlt sich ganz leicht an, als hätte ich schon immer acht Beine gehabt. Ich husche einen Blumentopf hinauf und verberge mich zwischen den großen grünen Blättern einer Pflanze. Von dort aus kann ich genau sehen, dass eine Frau mit dunklem schwarzem Haar einen Gang entlanggeht, der zwischen vielen verschiedenen Pflanzen hindurchführt. Als ich die Bananenstauden in der Ecke entdecke, weiß ich auch endlich, wo ich bin: Ich befinde mich tatsächlich in Camillas Gewächshaus! Die dunkelhaarige Frau scheint etwas zu suchen. Wer ist sie wohl? Ob ich sie kenne? Irgendwie kommt sie mir bekannt vor. Wie doof, dass ich sie nicht besser sehen kann. Ich krabbele noch etwas weiter an der Pflanze nach oben, komme aber nicht weit, weil die Äste sehr dünn sind und sich unter meinem Gewicht nach unten biegen. Mist, denke ich, hoffentlich entdeckt die Frau mich nicht … Und da falle ich auch schon runter.

»Autsch!«, murmele ich.

Und im nächsten Moment höre ich Stina schnarchen. Noch nie habe ich mich so sehr darüber gefreut wie jetzt. Erleichtert öffne ich die Augen und schaue auf die Uhr. Es ist kurz vor zwei. Dabei kommt es mir so vor, als wäre ich eben erst ins Bett gegangen. Was für ein irrer Traum war das denn? Ich strecke meine Arme und Beine aus und bin unendlich froh darüber, dass es keine acht mehr sind.

Durch das große runde Fenster scheint nun hell der Mond herein. Die Wolken haben sich verzogen. Unzählig viele kleine Sterne blitzen am Nachthimmel. So wie die kleinen Lichter, die den Weg zum Haus beleuchtet haben. Ich schaue rüber zu meiner Freundin, die wie ein Murmeltier schläft. Was für ein Glück, dass ich nicht allein hier bin!

»Und du bist ja auch noch da«, flüstere ich und

kraule sanft über Rastys haarigen Körper. Da bemerke ich schwarze Krümel auf dem weißen Bettlaken und auf der grünen Kuscheldecke. Was ist das denn? Wir haben doch gar nicht im Bett gegessen! Ich wische die Krümel vom Bett und schaue überrascht auf meine Finger. Es ist eindeutig Blumenerde!

15.

»Aufstehen, du Schlafmütze!«, höre ich Stina rufen. Und schon im nächsten Augenblick landet ein Kissen auf meinem Kopf.

»Lass mich«, murmele ich und rolle mich auf die andere Seite.

»Es ist schon zehn Uhr«, sagt Stina. »Camilla hat bestimmt schon Frühstück gemacht.«

»So spät schon?«, murre ich, drehe mich wieder um und öffne mühsam die Augen. »Es ist doch noch dunkel.«

»Quatsch. Das sind nur Wolken vor der Sonne. Heute ist das Wetter leider nicht so toll«, erklärt Stina. Sie sitzt im Schneidersitz auf ihrem Bett. »Wir haben voll verpennt. Hoffentlich ist Camilla nicht sauer, sie wollte doch bestimmt früh anfangen.«

»Nö, glaube ich nicht, dann hätte sie uns sicher geweckt.«

»Aber wir sollten trotzdem langsam mal rübergehen.«

Ich gähne, strecke mich, richte mich langsam auf – und gähne noch mal. »Ja, gleich.«

»Wieso bist du denn immer noch so müde?«, fragt Stina.

»Weiß nicht. Ich habe irgendwas total Verrücktes geträumt.« Ich kratze mich am Kopf. »Aber ich weiß leider nicht mehr, was. Hab's vergessen.«

»Vielleicht fällt es dir wieder ein, wenn wir gefrühstückt haben«, schlägt meine Freundin vor. »Dein Gehirn braucht Nahrung.«

»Kann sein.«

»Scheibenhonig«, lockt Stina. »Und dazu frisch gebackene Brötchen.«

»Ist ja schon gut. Du hast gewonnen.« Ich klettere aus dem Bett, recke mich noch mal ausgiebig und schaue mich suchend im Zimmer um. Wo steckt Rasty? Unter der grünen Kuscheldecke ist sie nicht.

»Rasty ist bei mir«, sagt Stina und deutet auf ihren Kopf.

Ich blinzele. »Ihr beiden habt echt fast identische Haarfarben.«

»Ja, verrückt, oder? Wenn mir irgendwann mal jemand erzählt hätte, dass ich eines Tages mit einer Vogelspinne auf dem Kopf in einem Turm sitze, hätte ich ihn gefragt, ob er noch alle Murmeln beisammenhat.« Stina grinst.

Ich muss lachen und werde dabei endlich richtig wach.

Fünf Minuten später gehen wir die Wendeltreppe

runter. Als wir die Tür des Turms öffnen, bleiben wir stehen und ziehen gleichzeitig die Schultern hoch.

»Bah«, sage ich fröstelnd. »Das Wetter ist heute aber echt bescheiden.« Wind pustet durch unser Haar und wirbelt gelbe Walnussbaumblätter durch die Luft.

»Ist halt Herbst«, sagt Stina. »Ich mag es, wenn sich alles verfärbt und es draußen langsam kühler wird. Dann kann man es sich mit kuscheligen Strickpullovern und einem heißen Kräutertee drinnen gemütlich machen.«

»Sommer, kurze Hosen, ein kühles Bad und Eistee sind mir lieber«, grummle ich. »Gut, dass ich eine dicke Jacke eingepackt habe. Lass uns schnell rüber ins Haus laufen.«

Kurz darauf stehen wir auch schon in der Küche.

»Niemand da«, sagt Stina. »Aber guck mal, es ist schon gedeckt.« Sie zeigt auf den kleinen quadratischen Tisch, der unter dem Fenster steht.

»Nur zwei Teller«, stelle ich fest. »Camilla ist bestimmt schon im Gewächshaus und arbeitet.«

»Sollen wir nach ihr schauen oder erst mal was essen?«, fragt Stina.

»Erst frühstücken«, bestimme ich. »Camilla hat gesagt, wir sollen uns hier wie zu Hause fühlen.«

Den Tisch hat meine Tante wirklich schön hergerichtet. In der Mitte thront ein großer Korb mit wunderbar duftenden Brötchen, gleich daneben ein Teller mit

Scheibenhonig. Rechts davon steht eine große Platte mit Käse und Aufschnitt und eine mit Obst gibt es auch. Neben unseren Tellern hat Camilla jeweils eine kleine Kanne mit Kakao platziert.

»Stina im Schlaraffenland!« Meine Freundin klatscht in die Hände und setzt sich. Sie nimmt sich ein Brötchen aus dem Korb und schnuppert daran. »Himmlisch!« Sie gießt Kakao in ihre Tasse. »Der ist noch ganz heiß. Camilla muss gerade noch hier gewesen sein. Voll lieb von ihr, dass sie alles so schön für uns zubereitet hat.«

»Absolut!« Auch ich mache es mir bequem. »Guten Hunger!«

Wir genießen schweigend das erste Brötchen. Ich habe meins mit Käse und Wurst belegt, Stina hat sich für Doppelt-Käse entschieden. Das zweite bestreichen wir dick mit Butter und legen jeweils ein Stück der Honigwabe darauf.

»Mmmh«, macht Stina, nachdem sie den ersten Bissen vertilgt hat.

Mir jedoch bleibt meiner fast im Hals stecken. Denn plötzlich stürmt Tim in die Küche. »Da seid ihr ja!«, ruft er und pustet seinen Pony weg. »Kommt schnell, ich glaube, Camilla ist verhext worden!«

»So viel zu dem Thema, tut mir leid, ich wollte euch nicht verarschen«, sagt Stina grinsend und beißt erneut in ihr Brötchen. »Aber eins muss man dir lassen,

Tim«, nuschelt sie, »dein Schauspielunterricht in der Schule scheint echt gut gewesen zu sein.«

»Sorry, Girls!« Tim lacht gekünstelt. »Ist mal wieder mit mir durchgegangen. Mit so was soll man eigentlich nicht spaßen.« Tim schaut mich jetzt direkt an. Sofort höre ich auf zu kauen, denn sein Blick ist wirklich verzweifelt. »Im Ernst, Lizzy, irgendwas ist passiert und deine Tante ist verschwunden.«

Ach so. Ich dachte schon, es wäre wirklich was Ernsthaftes! »Beruhig dich. Wir sind gerade erst gekommen, aber sie muss eben noch hier gewesen sein und den Tisch für uns gedeckt haben«, sage ich.

»Euer Frühstück steht schon seit über einer Stunde bereit«, entgegnet Tim. »Das weiß ich ganz genau, weil ich da mit Camilla verabredet war. Aber sie war nicht hier.«

Stina schüttelt den Kopf und zeigt auf die Kanne. »Fühl doch mal, der Kakao ist noch richtig heiß.«

»Den hat Camilla gehe… äh, gekocht, der wird auch heute Abend noch heiß sein.« Tim wirft mir einen bedeutungsvollen Blick zu. »Das bedeutet nicht, dass deine Tante eben noch hier war.«

»Is klar, Tim.« Stina schüttelt den Kopf. »Camilla hat Kühe gezüchtet, die immer heiß bleibende Milch in ihren Eutern produzieren.«

Ich schaue Tim an. Mit dem Kakao könnte er natürlich recht haben – Camilla könnte ihn wirklich schon vor Stunden gehext haben. »Er meint wahrscheinlich, dass es eine besondere Kanne ist«, sage ich schnell zu Stina.

»Ich mein das ernst, Lizzy«, drängt Tim. »Ich habe alles abgesucht. Camilla ist nicht hier. Und es passt gar nicht zu ihr, dass sie mich versetzt hat.«

Das stimmt ebenfalls. Langsam werde ich doch unruhig.

»Vielleicht ist sie einfach ins Dorf gefahren«, überlege ich laut.

Tim schüttelt den Kopf. »Der Lieferwagen steht noch da. Aber ... im Gewächshaus steht plötzlich eine ganz irre neue Pflanze.«

»Was denn für eine?«, fragt Stina sofort neugierig.

»Die solltet ihr euch lieber selbst angucken.«

»Na gut.« Ich sehe Stina an. »Kommst du mit?«

»Na klar.« Sie kichert und steht auf. »Vielleicht ist Camilla ja in eine Kamille verhext worden.«

Nach Lachen ist mir leider gerade nicht zumute. Tim sieht echt besorgt aus.

Wir gehen gemeinsam aus der Küche, kommen aber nicht weit, denn Stina packt meinen Arm.

»Hast du das gehört?«

»Was?«

»Psst!«, macht Stina.

Und da höre ich es auch. Es ist das gleiche Geräusch wie gestern Abend. Schritte in der Etage über uns!

»Meine Tante ist bestimmt oben in ihrem Büro«, sage ich und rufe laut: »Camilla?!«

Doch niemand antwortet. Und es ist plötzlich mucksmäuschenstill über uns.

»Vielleicht wieder der Fuchs«, überlegt Stina.

Ich schüttele den Kopf. Der Fuchs steht ja sozusagen neben uns. Außerdem hat sich das gerade verdammt nach menschlichen Schritten angehört.

»Camilla, bist du da oben?«, rufe ich noch einmal.

Aber auch diesmal bekomme ich keine Antwort. Dafür hören wir wieder Schritte. Und zwar ziemlich schnelle, so als würde da jemand sehr eilig herumschleichen.

»Ich guck nach«, sagt Tim entschlossen und ist schon auf dem Weg zur Treppe, doch Stina hält ihn zurück. »Camilla hat gesagt, da steckt der Holzwurm drin.«

»Und das glaubst du?«, fragt Tim.

Plötzlich hören wir draußen ein Geräusch. Wir schauen uns an, rennen los und kommen gerade noch rechtzeitig, um einen Blick auf die Gestalt zu erhaschen, die in diesem Moment zwischen den dichten Sträuchern am Walnussbaum verschwindet. Ohne weiter darüber nachzudenken, sprinten wir ihr nach. Aber wir haben Pech. Wir erwischen sie nicht mehr. Sie ist weg.

»Das war eine Frau«, sagt Stina, als wir zurückgehen.

»Ja.« Ich nicke. »Irgendwie kam sie mir bekannt vor. Das lange schwarze Haar habe ich schon mal gesehen.

Nur wo?« So langsam wird mir ganz mulmig zumute. Und Stina anscheinend auch.

»Was meint ihr, vielleicht sollten wir die Polizei rufen?«, sagt sie.

»Weil hier eine fremde Frau rumläuft? Damit würde ich, ehrlich gesagt, lieber noch warten.« Tim pustet seine Ponysträhne weg. »Vielleicht solltet ihr euch jetzt erst mal die neue Pflanze im Gewächshaus angucken.«

»Bah!«, machen Stina und ich gleichzeitig, als wir wenig später die Tür zum Gewächshaus öffnen.

»Hier stinkt es ja bestialisch«, sage ich.

Tim nickt und wir halten uns die Nase zu.

»Scheiße, die sieht aus wie ein rosafarbener Alien«, sage ich, als wir vor der riesigen Pflanze stehen, die eine einzige Mammut-Blüte mit einem unfassbaren Durchmesser von bestimmt einem Meter hat. »Und sie stinkt nach Gülle! Ist das eine von den Pflanzen, die du an meinem Geburtstag in Camillas Lieferwagen gesehen hast, Stina?«

Die Blüte ist dick und fleischig. In der Mitte befindet sich ein großes rundes Loch, das fast wie ein Maul aussieht.

»Nein.« Meine Freundin legt den Kopf schief und kaut auf ihrer Unterlippe rum. Endlich sagt sie: »Ich glaube, das ist eine Art Riesenrafflesie. Die wachsen normalerweise im Urwald, stinken nach vergammeltem Fleisch und blühen nur einmal, und das auch nur wenige Tage lang. Denn danach zerfallen sie zu zähem schwarzem Schleim.«

Ich verziehe angewidert das Gesicht. »Camilla!«, rufe ich laut. »Bist du hier?«

Eine Antwort bekommen wir wieder nicht. Aber dafür sehe ich, dass etwas in der Pflanze kurz aufleuchtet. »Was war das denn?«, frage ich und greife nach einer kleinen Schippe, die in einem Eimer in der Nähe liegt. Damit schiebe ich vorsichtig eins der Stinkeblütenblätter etwas zur Seite – und ein kleiner grüner Gegenstand purzelt auf den Boden. Mir wird ganz schwindlig: Es ist Camillas Edelstein! Jetzt wird mir endgültig klar, dass hier tatsächlich etwas Schlimmes passiert sein muss.

»Keine Hexe der Welt würde ihren Talisman so lange irgendwo liegen lassen«, murmele ich. »Das ist Camilla. Verflixt – irgendjemand hat sie tatsächlich verhext!«

Stinas Blick fliegt zu mir. »Jetzt fängst du auch noch mit dem Hexenscheiß an. Leute, Camilla kann die Rafflesie doch auch heute Morgen irgendwo gekauft und hergebracht haben. Und ihre Kette hat sie dabei versehentlich hier verloren!«

So langsam wird mir klar, dass wir gleich ein Riesenproblem kriegen werden. Mindestens mit Stina …

»Wenn Camilla einfach nur einkaufen war, wo ist sie

dann jetzt? Und wer war die Frau, die eben oben auf dem Dachboden war?«, fragt Tim.

Stina schüttelt nachdenklich den Kopf. »Die Frau kann gar nicht auf dem Dachboden gewesen sein. Denn da sie nicht an uns vorbei die Treppe runtergekommen ist, würde das bedeuten, dass sie aus dem Fenster geklettert ist. Und dafür hätte sie eine verdammt lange Leiter gebraucht.« Sie sieht triumphierend in die Runde. »Die hätten wir eben ja wohl gesehen. Da war aber definitiv keine. Außerdem war das Fenster zu, das weiß ich ganz genau. Und die Frau kann ja schlecht durch das geschlossene Fenster geflogen sein.«

Ich räuspere mich. »Na ja ... es sei denn, es war eine ... eine ...« Hilfe suchend blicke ich zu Tim. Der zuckt auch nur die Schultern. »Also, es sei denn, sie war eine Hexe«, presse ich heraus. »Dann hätte sie das Fenster sich von allein wieder schließen lassen können.«

Oh Mann, meine Freundin wird gleich wirklich die Polizei rufen. Und zwar, um mich in die Irrenanstalt einweisen zu lassen!

»Muah, Lizzy, jetzt lass uns doch mal ernst bleiben.« Meine Freundin klingt mittlerweile echt genervt. »Hexen gibt es nicht.«

»Und ... und wenn doch?«

»Hast du dich von Tim anstecken lassen?«, fragt Stina. »Spielst du jetzt auch Theater??«

Ich hole tief Luft. »Raste bitte nicht gleich aus, Stina. Aber du musst etwas wissen, auch wenn es total wahnsinnig klingt. Es ist nämlich so … ich bin wirklich eine Hexe.« Mein Bauch grummelt mal wieder. Wahrscheinlich wird meine Freundin mich jetzt für total verrückt erklären.

Aber Stina starrt mich einfach nur an.

»Deswegen ist Rasty so besonders«, erkläre ich schnell weiter und atme durch. »Weil Camilla auch eine Hexe ist. Und ich bin ebenfalls eine Hexe«, wiederhole ich noch einmal und versuche, meine Stimme ganz fest dabei klingen zu lassen. »Das schwöre ich – und zwar bei unserer Freundschaft.«

Stina zieht eine Augenbraue hoch. Sie mustert mich. »Okay, ich glaube dir. Oder sagen wir mal so: Ich glaube dir, dass du glaubst, dass du eine Hexe bist.«

Ich atme vorsichtig auf.

Da sagt Stina: »Hex doch mal was.«

Ach du Scheiße. Wie soll ich das bloß alles erklären? »Kann ich doch nicht!«, jammere ich. »Ich sollte doch hier erst mit meiner Ausbildung zur Kräuterhexe beginnen.«

»Kräuterhexe … ausgerechnet du?«, fragt Stina und lacht los. »Is klar!«

»Das könnt ihr später noch alles klären!«, mischt Tim sich ungeduldig ein. »Jetzt sollten wir erst mal überlegen, was wir tun können. Wenn es stimmt, was

Stina über die Rafflesie gesagt hat, haben wir nämlich nicht viel Zeit. Oder wollt ihr, dass Camilla zu schwarzem Schleim zerfließt?«

»Okay, das ist jetzt aber wirklich krass. Ihr meint tatsächlich, dass das Camilla ist?«, hakt Stina nach. Jetzt wirkt sie nicht mehr so cool. Verunsichert schaut sie von mir zu Tim.

»Ja«, sage ich. »Auch, wenn es sich verrückt anhört. Aber es ist eine logische Erklärung.«

Da stubst ein haariges Bein an meinen Hals, kurz darauf noch mal.

»Was ist, Rasty?« Ich schaue mich um. Worauf könnte Rasty mich hinweisen wollen? Links entdecke ich auf einem Tisch den großen prallen Kürbis, den ich gestern schon bestaunt habe. Daneben liegen die knackigen roten Äpfel. »Wartet mal, das kenne ich irgendwoher …« Ich trete an den Tisch und nehme einen der Äpfel in die Hand. Woran erinnern die mich bloß? Da stubst Rasty mich noch einmal an, diesmal an der rechten Seite. Dort steht eine Pflanze mit großen grünen Blättern in einem Topf. Auf dem Boden um sie herum liegen einige Krümel dunkler Blumenerde.

Ich haue mir mit der flachen Hand gegen den Kopf. »Genau! Ich habe gestern Nacht geträumt, dass ich eine Spinne bin und hier im Gewächshaus hinter dem Kürbis sitze. Und auf einmal ist eine Frau gekommen. Sie ist durch den Gang gelaufen, und ich bin die

Pflanze hochgekrabbelt, um mich vor ihr zu verstecken. Und dann bin ich dummerweise runtergefallen und aufgewacht.«

Die anderen hören mir mit aufgerissenen Augen zu.

»Das klingt gruselig«, flüstert Stina.

»Wie sah die Frau aus?«, fragt Tim.

»Sie hatte dunkle Haare.« Ich überlege einen Moment. »Lange schwarze Haare, so wie die, die wir eben gesehen haben. Ich habe sie aber leider auch nur von hinten gesehen und nur ganz kurz. Was denkst du, Tim? Kann ich vielleicht auch wandeln?«

»Hexen wandeln eigentlich nicht«, sagt Tim langsam. »Ich schätze aber mal, dass du durch Rastys Augen sehen kannst. Hat Camilla dir nichts über ihre magischen Fähigkeiten verraten?«

Die Besonderheiten! Meine Mutter hat mir doch gesagt, dass Camilla sie mir noch genauer erklären würde. Jetzt ärgere ich mich schwarz, dass ich meine Tante nicht längst danach gefragt habe.

»Nein, noch nicht, das wollte sie noch«, seufze ich. »Bedeutet das also, dass Rasty gestern Nacht beobachtet hat, was hier passiert ist, während ich geschlafen und sozusagen davon geträumt habe? So ein Mist!« Ich schnalze mit der Zunge. »Wäre ich bloß nicht von der Pflanze gefallen, dann hätte ich vielleicht gesehen, wer Camilla verhext hat.«

»Ähm«, meldet sich da Stina zu Wort. »Camilla hat

uns heute Morgen Frühstück gemacht, schon vergessen? Das heißt, sie kann gestern Nacht nicht … na ja, verhext worden sein.«

Ich sehe meiner Freundin an, dass sie in Wahrheit denkt, dass ich total verrückt geworden bin. Das würde ich an ihrer Stelle auch denken. »Wenn das hier vorbei ist, erzähl ich dir alles ganz in Ruhe, versprochen, Stina. Ich bin wirklich eine Hexe, genau wie meine Mutter, meine Tante und auch meine Oma. Mit dem Frühstück hast du allerdings recht.«

»Du meinst das tatsächlich ernst?«, fragt Stina und guckt dabei, als würde sie gleich zu weinen anfangen.

»Ja!« Nun kämpfe auch ich gegen die Tränen an. »Du bist meine beste Freundin. Ich würde dich niemals anlügen.«

»Okay.« Sie seufzt. »Ich versuche, dir zu glauben. Auch, wenn das total abgefahren ist.«

Ich falle Stina um den Hals. »Du kannst dir nicht vorstellen, wie wichtig mir das ist.«

»Okay, Girls, ich sag es nur ungern. Aber die Zeit drängt. Was machen wir jetzt?«

»Richtig!«, sagt Stina. »Ich würde vorschlagen, dass du deine Mutter anrufst, Lizzy, und ihr von dem Schlamassel erzählst. Wenn sie eine Hexe ist, weiß sie bestimmt, was jetzt zu tun ist.«

»Gute Idee!«, stimme ich sofort zu.

Doch da wendet Tim ein: »Wenn du das machst,

kannst du deine Hexenausbildung aber vergessen – das weißt du, oder?«

»Oh, Shit! Du hast recht.« Ich stöhne auf. »Im großen Buch steht, dass Junghexen unter keinen Umständen Hilfe von anderen Hexen anfordern dürfen, während sie sich bei der Einen in Ausbildung befinden. So ein blöder Scheiß!«

»Auch nicht im Notfall?«, fragt Stina, und ich sehe, dass sie so langsam Panik bekommt.

Ich zucke mit den Schultern.

»Was, wenn es eine Art Prüfung für dich ist?«, wirft Tim in den Raum.

»Die ist doch immer erst am Ende der Ausbildungsphase. Ich habe ja noch gar nichts gelernt«, erwidere ich bedrückt. Mein Blick fällt auf Camillas Edelstein. Vielleicht sollten wir ihn dort wegnehmen? »Beißt die Pflanze, Stina?«

»Nein«, sagt Stina. »Normalerweise nicht. Aber eine Garantie gebe ich dir da nicht. Ist ja immerhin Hexenwerk, wenn ich das mal so sagen darf.«

»Okay.« Ich nehme all meinen Mut zusammen und greife mit spitzen Fingern nach dem Stein, den Camilla, wie alle Hexen, an einem schmalen Lederband befestigt hat. Als ich ihn in der Hand halte, wird er warm und beginnt so stark zu leuchten, dass es auch die anderen sehen.

»Krass!«, sagt Stina.

Ohne weiter darüber nachzudenken, hänge ich mir die Kette um. Und auf einmal bin ich mir ganz sicher, dass die Riesenrafflesie wirklich meine Tante ist.

Ich weise mit dem Kopf auf die Stinkepflanze. »Das ist Camilla. Wirklich. Ich kann es fühlen«, erkläre ich.

»Krass!«, murmelt Stina neben mir. »Wenn das wirklich stimmt, haben wir echt nicht mehr viel Zeit.«

»Wenn Camilla verhext worden ist, gibt es auch ein Gegenmittel oder einen Spruch, der das rückgängig machen kann«, überlegt Tim laut. »Wir müssen Camillas Buch der Hexensprüche finden. Da steht es hunderprozentig drin.«

»Das ist bestimmt in ihrem Arbeitszimmer auf dem Dachboden«, überlege ich.

»Wo wir vorhin die Schritte gehört haben«, sagt Tim.

Wir sehen uns an – und rennen los.

16.

Tim steht bereits auf der dritten Stufe, zögert aber. Er pustet sich seinen Pony aus dem Gesicht und sagt: »Die Treppe ist wirklich fratze. Die gibt ganz schön nach unter meinem Gewicht.«

»Mist, verdammter«, fluche ich. »Ich hab gedacht, Camilla hätte das Märchen mit den Holzwürmern nur erfunden, um uns davon abzuhalten, oben herumzuspionieren.«

»Ich versuch es einfach!« Tim setzt vorsichtig seinen Fuß auf die nächste Stufe, doch da gibt das Brett unter ihm nach.

»Komm lieber wieder zurück, Tim. Das ist zu gefährlich«, sagt Stina. »Und überhaupt … was ist denn, wenn die Frau wieder da oben rumspukt? Wenn ihr wirklich recht habt und sie Camilla in eine Pflanze verwandelt hat, was macht sie denn dann mit uns?«

»Da ist was dran«, pflichte ich meiner Freundin bei und schaudere kurz bei der Vorstellung, was die schwarzhaarige Hexe uns antun könnte.

Tim springt zu uns runter und kracht gegen Stina. »Oh, sorry, hast du dir wehgetan?«

Er hält für meinen Geschmack etwas zu lang seinen Arm um ihre Schultern gelegt.

»Nein, gar nicht. Und du?« Stina schiebt eine Haarsträhne hinter ihr Ohr und sieht Tim wie ein verliebtes Reh an. Wenn meine Freundin sich in ein Tier verwandeln könnte, dann auf jeden Fall in Bambi!

»Hey«, sage ich. »Wir haben nicht viel Zeit und müssen uns konzentrieren. Hat vielleicht jemand eine Idee, was wir jetzt unternehmen können? Irgendwie müssen wir doch an das verdammte Buch rankommen.«

Endlich zieht Tim seinen Arm zurück. Ich schaue Stina verzweifelt an. Und dann habe ich eine Idee. »Wir schicken Rasty hoch!«, schlage ich vor. »Die stubst mich doch sowieso schon immer an, die Verständigung klappt also ganz gut.« Ich halte meine Hand an meinen Zopf. Rasty krabbelt sofort hinauf. »Kannst du nachschauen, ob da oben die Luft rein ist?«, frage ich und Rasty hebt kurz das rechte vordere Bein hoch.

»Frag mal was anderes, worauf sie mit Nein antworten müsste«, schlägt Stina vor.

»Bist du ein Vogel?«, frage ich und Rasty bleibt bewegungslos sitzen. Ich muss trotz allem doch kichern. »Bist du eine gefährliche Vogelspinne, vor der viele Menschen Angst haben?«

Rasty hebt wieder das rechte Vorderbein hoch.

Ich lache und setze sie auf dem Treppengeländer ab.

»Na gut, ab mit dir. Schau bitte mal nach, ob die Luft oben rein ist.«

Im Turbotempo flitzt Rasty das Geländer hoch.

»Wenn die Hexe da oben noch rumlungert, rufe ich meine Mutter an«, beschließe ich. Jetzt, wo wir warten, wird mir auf einmal richtig mulmig zumute. »Das Miststück hat Camilla in eine Pflanze verwandelt, die sich in Schleim auflöst. Wenn ihr mich fragt, ist das ein Mordanschlag.«

»Na prima«, sagt Stina neben mir. »Jag mir nur noch mehr Angst ein. Ich mach mir eh schon fast in die Hose. Mit netten Hexen und Gestaltwandlern komme ich ja klar …« Sie schielt zu Tim. »Aber böse Hexen … Ich glaube, ehrlich gesagt, nicht, dass wir uns mit einer anlegen sollten.«

»Das denke ich auch«, pflichte ich meiner Freundin bei. Da kommt Rasty zurück. Ich nehme sie auf die Hand. »Ist die Luft rein?«, frage ich.

Rasty hebt ihr rechtes Vorderbein hoch.

»Keine böse Hexe mehr da«, sage ich erleichtert.

Auch Stina atmet auf. »Gut!«

»Und wie kommen wir jetzt da hoch?«, fragt Tim. »Wir sind noch kein Stück weiter!«

»Hm«, macht Stina und und kaut wieder mal hektisch auf ihrer Unterlippe rum. »Vielleicht können wir von außen durchs Fenster rein?«

»Das ist doch zu«, sage ich. »Hast du selbst gesagt.«

»Ich hab's!«, ruft Stina plötzlich. »Tim, du bist doch Gestaltwandler. Das ist die einfachste Lösung!«

»Ähm, wieso?«, fragt Tim und sieht dabei sehr skeptisch aus.

»Na, das liegt doch auf der Hand: Du verwandelst dich in einen Fuchs. Dann bist du megaleicht und kannst die Treppe einfach so hochhuschen. Wenn du oben bist, verwandelst du dich zurück und machst uns das Fenster auf. Lizzy und ich kommen dann mit einer Leiter rein. Hier wird es doch irgendwo eine geben.« Stina strahlt und sieht dabei mächtig stolz aus. Ganz im Gegenteil zu Tim, der etwas blass bei ihren Worten geworden ist.

»Eine Leiter ist im Gewächshaus, das stimmt. Aber wenn das mal so einfach wäre«, sagt er langsam. »Ich kann meine Verwandlungen nicht kontrollieren, deshalb bin ich doch hier.« Er seufzt und sieht mich an. »Echt doof, dass du niemanden um Hilfe bitten kannst, Lizzy. Für mich gilt die Regel ja nicht, nehme ich zumindest mal an. Aber ich glaube, dass es aufs Gleiche rauskommt, wenn ich zum Beispiel meine Mutter um Rat frage, weil ich dir ja dann letztendlich auch helfe. So ein Mist, bis gestern war mein großer Bruder hier, Samuel. Der kann sich in eine Dohle verwandeln, und zwar wann er will – er könnte uns helfen. Aber den erreiche ich jetzt nicht mehr. Er ist schon auf dem Rückweg nach England. Er lebt noch dort.«

»Ach, das war dein Bruder?«, frage ich. »Er hat gestern im Walnussbaum gesessen und uns beobachtet, oder?«

»Ja, er hat mich besucht«, antwortet Tim.

Neben mir fängt Stina an zu kichern. Aber nur kurz, dann hält sie sich die Hand vor den Mund, räuspert sich und sagt: »Sorry. Aber das klingt schon sehr unwirklich, dass dein Bruder als Dohle im Walnussbaum gesessen hat.«

»Ist aber so«, sagt Tim. »Mein Vater kann sich in einen Bussard verwandeln. Ich bin der Einzige in der Familie, der keine Flügel hat. Von meiner Mutter mal ganz abgesehen. Die ist eine Hexe, aber das wisst ihr ja vielleicht schon.«

»Ein Fuchs, eine Dohle und ein Bussard. Ist klar!« Stina zuckt mit den Schultern. »Klingt gleich viel weniger unwirklich.«

»Ist für normale Menschen schwer zu glauben, kann ich mir vorstellen«, sagt Tim. »Aber uns gibt es tatsächlich!«

»Stimmt.« Ich lächle meine Freundin an. »Ich bin froh, dass du es jetzt weißt. Es ist mir echt schwergefallen, das alles vor dir geheim zu halten.«

»Kann ich mir vorstellen.« Stina sieht mich nachdenklich an. »Aber du bist trotzdem total normal.« Sie grinst. »Na ja, außer wenn du deine fünf Minuten hast.«

Ich gebe ihr einen kleinen Schubs und wende mich an Tim. »Was heißt denn jetzt genau, dass du es nicht kontrollieren kannst?«

»Ich verwandle mich manchmal einfach so, ohne es zu wollen. Und wenn ich es will, klappt es leider oft nicht – was allerdings schon besser geworden ist, seit ich hier bin und Camilla mit mir geübt hat. Allerdings habe ich oft noch Probleme, mich zurück in einen Menschen zu verwandeln, und muss dann warten, bis es von allein passiert. Das ist echt nervig.«

»Du könntest es doch mal versuchen«, schlage ich vor. »Du sagst doch selbst, dass es schon viel besser klappt!«

»Finde ich auch!« Stina lächelt Tim an und bekommt dabei ganz rosige Wangen. »Du schaffst das bestimmt, Tim! Wir glauben an dich.«

»Na gut, wenn ihr meint«, sagt Tim. Überzeugt klingt er allerdings nicht.

»Können wir dir irgendwie helfen?«, frage ich.

»Ja. Ihr könnt still sein. Ich brauche Ruhe, damit ich mich konzentrieren kann. Und ihr müsst einen Schritt zurückgehen.«

Stina und ich gehen etwas zur Seite und schauen zu Tim, der einen Anhänger mit einem Stein aus seiner Hosentasche zieht. Er hat ihn an einer Gürtelschlaufe seiner Hose befestigt.

»Ihr habt auch einen Stein?«, frage ich fasziniert.

Tim nickt und hält ihn mir hin.

»Der ist voll schön«, sage ich. Und auch Stina bewundert einen Moment lang den braunen Stein, in dem viele kleine goldene Pünktchen funkeln.

»Okay«, sagt Tim. »Dann versuche ich es jetzt.«

Fasziniert beobachten wir, wie Tim den Stein nun mit seiner linken Hand festhält und mit geschlossenen Augen Sätze in einer Sprache murmelt, die wir nicht verstehen können. Mein Herz klopft etwas schneller. Ich bin aufgeregt. Und Stina auch! Immerhin haben wir beide noch nie eine Gestaltwandlung live gesehen. Wir tauschen einen bedeutungsvollen Blick. Tim murmelt immer weiter. Es dauert echt lange, und ich überlege schon, ob das Experiment gescheitert ist. Doch plötzlich fängt Tim an zu zittern, sein Atem geht schneller, seine Stimme wird lauter und Schweiß läuft über seine Stirn. So langsam fange ich an, mir Sorgen zu machen. Camilla hat mir zwar erzählt, dass die Verwandlung sehr anstrengend ist, aber das hier sieht echt gruselig aus! Auch auf Stinas Stirn hat sich eine Sorgenfalte gebildet. Wie gebannt starrt sie Tim an.

Der hört endlich auf zu murmeln, reißt erschrocken seine Augen auf – und im nächsten Augenblick wirbelt ein kleiner rostroter Tornado um ihn herum, um sich im nächsten Moment auch schon wieder in Luft aufzulösen. Und nun … Stina schnappt nach Luft und auch ich reibe mir die Augen: Vor uns steht ein

Fuchs, der uns überrascht ansieht! Genau wie beim menschlichen Tim fällt eine kleine Haarsträhne in sein Gesicht.

»Krass, der sieht sogar als Fuchs aus wie Julien Bam«, ist das Erste, was mir dazu einfällt.

Stina ist ganz aus dem Häuschen. »Wie cool war das denn!« Sie zeigt auf das Tier. »Hast du das gesehen, Lizzy? Ich meine, voll krass, das war eben noch Tim … und jetzt …«

»Ist es immer noch Tim. Er hat nur die Gestalt gewechselt«, erkläre ich lächelnd.

Meine Freundin sieht mich mit so großen Augen an, dass ich Angst habe, dass sie ihr gleich aus dem Kopf fallen. »Dann bist du wirklich, ehrlich, ernsthaft, ohne Scheiß eine Hexe?«

Sie hat also immer noch gezweifelt. Ich grinse. »Noch nicht ganz, aber bald – wenn alles gut geht und wir Camilla retten.«

»Ich flipp gleich aus, Lizzy! Das ist megakrass! Und Tim hat sich eben tatsächlich verwandelt!« Meine Freundin beugt sich runter zu Tim. »Wie geht es dir? Das sah ganz schön anstrengend aus. Wie fühlt es sich an, plötzlich ein Fuchs zu sein? Kannst du jetzt besser hören und riechen?«

»Er kann dich verstehen, aber sprechen kann er nicht«, erkläre ich meiner Freundin und verkneife mir das Lachen. Für Stina ist das alles neu. Selbst für mich war das gerade ja schon aufregend, für sie muss diese Erfahrung noch viel heftiger sein.

»Ach so, ja klar.« Stina lächelt Tim schief an. »Dann reden wir wohl besser, wenn du wieder auf zwei Beinen stehst.«

»Gute Idee, aber jetzt komm, wir müssen uns beeilen. Lass uns schnell die Leiter holen«, dränge ich. Ich habe keinen Bock darauf, dem Hexenrat bald erklären zu müssen, warum meine Tante jetzt ekliger schwarzer Stinkeschleim ist. »Tim, du läufst nach oben, und wenn du dich wieder verwandelt hast, öffnest du uns das Fenster, okay?«

Der Fuchs huscht sofort die Treppe hoch. Stina starrt ihm nach. »Krass«, flüstert sie noch einmal. »Und zwar so was von!«

Ich knuffe sie in die Seite. »Komm jetzt!«

So schnell wir können, rennen wir nach draußen und zum Gewächshaus. Wir öffnen die Tür – und bleiben direkt im Eingang stehen.

»Puh, hier stinkt es aber gewaltig«, sage ich. »Das ist echt noch schlimmer geworden.« Wir halten uns beide die Nase zu, als wir weiterlaufen. Mir wird fast ein bisschen übel von dem fauligen Geruch.

»Meinst du, deine Tante kann uns hören?«, fragt Stina, als wir an der Riesenrafflesie vorbeiflitzen »So wie Tim?« Da sie sich auch beim Sprechen die Nase zuhält, klingt sie irgendwie witzig.

Ich höre mich allerdings nicht besser an. »Ehrlich gesagt, weiß ich das gar nicht.« Ich muss grinsen. »Ohren hat sie jedenfalls keine. Aber das hat Rasty ja auch nicht und bekommt trotzdem alles mit.« Meine Hand wandert zu meinem Pferdeschwanz.

»Sie sitzt bombenfest«, beruhigt Stina mich. »Ich guck immer mal zwischendurch, ob sie noch da ist.«

»Das ist gut. Du bist echt die Beste.«

»Als Spinnen-Patentante hat man eben auch seine Pflichten«, sagt Stina ernst.

Ich lächle sie dankbar an. »Irgendwo muss hier doch die Leiter stehen.« In der Aufregung habe ich vergessen, Tim zu fragen, wo genau wir suchen müssen.

Stina lässt ihren Blick durch das Gewächshaus schweifen. »Also, ich seh keine Leiter. Vielleicht ist sie ja im hinteren Teil.«

Stinas Frage, ob die Rafflesie uns verstehen kann, hat mich skeptisch gemacht. Immerhin ist es meine Hexentante, die da vor sich hin stinkt – wenn das überhaupt stimmt und sich nicht doch irgendjemand einen fiesen Spaß mit uns erlaubt hat. Ich reiße mich zusammen, halte mir die Nase noch fester zu und gehe zurück zu der Stinkepflanze. »Wir helfen dir, Camilla«, sage ich leise, »ganz bestimmt bist du bald wieder ein Mensch!« Dann laufe ich hinter Stina her.

»Hier ist sie auch nicht«, stellt Stina fest. Sie zeigt auf eine große Glastür. »Weißt du, wo die hinführt?«

»Ich glaube, da geht's in Camillas geheime Pflanzenabteilung.«

»Geheime Pflanzenabteilung?«, hakt Stina mit leuchtenden Augen nach.

Ich nicke. »Camilla nennt es Labor. Komm, wir gucken nach!«

Das muss ich Stina nicht zweimal sagen – sie rüttelt bereits an der Klinke. Natürlich interessiert meine Freundin brennend, was wir dort vorfinden werden.

»Ist zu!«, ruft Stina enttäuscht. Sie drückt mit den Händen gegen die Tür, aber die bewegt sich keinen Millimeter.

»Zeig mal.« Ich scanne die Tür ab. »Kein Schloss«, stelle ich fest, nachdem meine Freundin zur Seite gegangen ist. »Dann ist da auf jeden Fall das Hexenzeug drin.« Ich halte inne, als etwas Haariges an meinem Hals entlangkrabbelt. Das fühlt sich ungewohnt an – Rasty krabbelt sonst immer über meinen Nacken auf meine Schulter. Jetzt bleibt sie mitten auf meiner Brust sitzen und stubst mich mit einem ihrer haarigen Beine an.

»Ich glaube, Rasty will dich auf Camillas Stein aufmerksam machen«, sagt Stina.

»Ach ja, den hatte ich schon wieder vergessen!« Ich trage das Lederband mit dem Stein immer noch um meinen Hals. »Vielleicht ist das ja der Schlüssel.«

Ich nehme das Band ab. Rasty klettert auf meine

Schulter. Das bedeutet, dass sie neugierig ist, sonst wäre sie wohl wieder auf meinen Pferdeschwanz geklettert.

»Sesam, öffne dich!«, sage ich aus Spaß, drücke den grünen Stein gegen die Tür – und falle fast auf die Nase vor Schreck. Ich habe nicht damit gerechnet, dass das Ding tatsächlich aufspringt!

»Verrückt«, flüstert Stina neben mir. »Du bist wirklich, wirklich eine Hexe! Woher wusstest du, was du dabei sagen musst?«

Ich schüttle nur den Kopf. Doch da ruft Stina schon: »Da steht eine Leiter, ganz hinten an der Wand!«

»Der Hexe sei Dank!«, entfährt es mir. »Komm, wir müssen uns beeilen, sicher wartet Tim schon.«

Ich renne zu der Leiter rüber, die neben einem großen Tisch voller Blumentöpfe mit komisch aussehenden Pflanzen an der Wand lehnt.

»Gut, dass wir sie gefunden haben«, sage ich, bekomme aber keine Antwort, denn meine Freundin ist nicht mehr da. »Stina?«

»Kicherkerne, Stinkekraut, Vergissmichjetzt, Wissensfarn, Lachsalven ...« Meine Freundin steht vor einem großen Regal mit weiteren Blumentöpfen und liest die Schilder vor.

»Bist du festgewachsen?«, drängle ich. »Komm, die Uhr tickt! Das kannst du dir alles in Ruhe angucken, wenn wir Camilla zurückverwandelt haben.«

Stina sieht mich forschend an. »Versprochen? Nicht, dass ihr einen fiesen Vergessenszauber gegen mich anwendet! Ich will das hier auf keinen Fall vergessen!«

»Ich versprech dir, dass ich alles dafür tue, Camilla davon abzuhalten, dich irgendwas vergessen zu lassen. Okay? Und jetzt komm, oder willst du, dass Tim sich Sorgen macht?«

»Nein, natürlich nicht.«

Nur ein paar Sekunden später ist meine Freundin neben mir. »Ach du Scheiße, was ist das denn?«

»Was?«

Um die Leiter wickelt sich blitzschnell eine blaue Schlingpflanze mit weißen Streifen, die wie aus dem Nichts plötzlich aus dem Boden wächst. Ich zögere einen Moment, traue mich dann aber doch und versuche, die Leiter von der Wand zu ziehen, bevor die Pflanze noch weiter an ihr hochklettert. Aber es gelingt mir nicht. Die Schlingen halten sie wie ein Seil fest.

Stina bückt sich und zieht ein kleines Schild aus der Erde, das am Fuß der hartnäckigen Pflanze steckt. »Das ist ein Schlingschlumpf«, erklärt sie. Sie dreht das Schild um. »Schau mal, hier steht noch was auf der Rückseite: Der gemeine Schlingschlumpf reißt gern den Besitz von anderen an sich, indem er um ihn herumwächst. Schlingschlumpfe sind sehr muskulös und können wegen ihrer harten, diamantähnlichen Oberfläche nicht beschnitten werden.«

»Na super«, grummle ich, »und steht da auch, wie man ihn wieder wegbekommt?«

»Nö«, sagt Stina. »Und jetzt?«

»Keine Ahnung.« Ich tippe vorsichtig eins der Blätter an. »Hallo, Herr Schlingschlumpf, meine Tante wurde verhext und wir brauchen die Leiter wirklich dringend. Können Sie bitte loslassen?« Dabei komme ich mir schon ein bisschen verrückt vor. Ich stehe in einem Gewächshaus und versuche, mich mit einer blauen Schlingpflanze zu unterhalten, von der ich hoffe, dass sie auf Höflichkeit reagiert. Tut sie jedoch nicht. Ich schaue runter auf meine Schulter. »Was ist, mein schlaues Spinnchen, weißt du vielleicht, was wir machen müssen?«

Rasty krabbelt an mir herunter, läuft über den Boden und auf die Pflanze zu.

»Pass auf, Rasty! Nicht, dass der doofe Schlumpf dich auch noch festhält!«, ruft Stina.

Rasty huscht jedoch ungerührt an der Pflanze hinauf, hält an und tippelt auf der Stelle. Plötzlich schüttelt sich die Pflanze und zieht sich etwas zurück.

»Denkst du auch, was ich denke?«, fragt Stina.

»Die ist kitzelig«, antworte ich nicht weniger überrascht. Ich nehme all meinen Mut zusammen und krabble mit meinen zehn Fingern die Pflanze entlang. Sie zittert und schüttelt sich, als würde sie tatsächlich lachen, und löst sich Stück für Stück von der Leiter.

»Das funktioniert!«, juchzt Stina. »Die ist wirklich kitzelig. Verrückt!«

»Wenn sie ganz losgelassen hat, schnappst du dir die Leiter und haust ab«, schnaufe ich. »Ich halte sie in Schach.«

Meine Freundin nickt und stellt sich in Position. Ein paar Sekunden später kringelt sich die Pflanze zusammen und Stina zieht die Leiter von der Wand. Sie ist so schwer, dass Stina fast mit ihr umkippt. Ich packe gerade noch im richtigen Moment mit an.

»Das war knapp«, rufe ich.

»Gut, dass wir Rasty haben«, japst Stina.

Meine Spinne krabbelt an mir hoch und macht es sich wieder auf meinem Pferdeschwanz bequem. »Danke, Rasty! Ohne dich hätten wir das nicht geschafft«, stimme ich zu. »Los, weg hier, bevor der Schlingschlumpf sich wieder aufrappelt!«

17.

Die Leiter ist aus massivem Holz, megaschwer – und sehr lang. Wir schleppen das riesige Teil durch das Gewächshaus und müssen dabei auch ein paar Mal um die Ecke manövrieren, wobei leider die eine oder andere Pflanze samt Topf auf dem Boden landet.

»Shit!«, fluche ich, als wir gleich mehrere Pötte mit Sonnenblumen auf einmal erwischen.

»Die topfe ich nachher wieder ein, mach dir keine Sorgen, Camilla«, ruft Stina und kurz darauf: »Muah! Das ist ja kaum auszuhalten!«

Wir kommen an der Rafflesie vorbei, können uns diesmal jedoch nicht die Nasen zuhalten, weil wir mit beiden Händen die Leiter tragen.

»Scheiße, die löst sich schon langsam auf, oder?«, sage ich. »Los, wir müssen uns beeilen!«

Wir legen einen Zahn zu. Draußen bleiben wir kurz stehen, um erst einmal tief einzuatmen.

»Was machen wir, wenn wir das Buch nicht finden?«, fragt Stina sorgenvoll.

»Dann kann ich mein Hexendasein wohl vergessen, weil ich dann meine Mutter anrufen muss.«

»Das würdest du tun für Camilla?« Stina schaut mich respektvoll an.

Ich bin selbst überrascht, als ich darüber nachdenke. Doch dann nicke ich. »Ja, würde ich. Es wäre doch zu schrecklich, wenn Camilla sterben müsste, nur weil ich unbedingt eine Hexe werden will – oder?« Ich schlucke. »Aber erst einmal versuchen wir es allein, komm!«

Wir schleppen die Leiter quer über die Wiese zum Haus. Schon von Weitem können wir sehen, dass die Fenster im Obergeschoss noch geschlossen sind.

»Der Arme«, sagt Stina. »Er hat es bestimmt noch nicht geschafft, sich wieder zurückzuverwandeln.«

Oh Mann – auch das noch! Hoffentlich kriegt er das in den nächsten Minuten hin, denke ich. Laut sage ich: »Lass uns nachsehen.«

Wir lehnen die Leiter an der Hauswand an.

»Boah, ist das hoch«, meint Stina.

Ich werfe ihr einen Blick zu. »Wir wohnen in einem Rapunzelturm, der viel höher ist! Die paar Meter schaffen wir schon. Wenn du die Leiter sicherst, geh ich hoch, einverstanden? Aber gut festhalten!«

»Ich will auch mit hoch.«

»Das ist aber zu gefährlich. Guck mal, das Teil schwankt ganz schön, wenn niemand festhält.«

Stina zieht eine Flappe, nickt aber. Da geht oben das Fenster auf und ein schwarzhaariger Strubbelkopf schaut zu uns runter.

»Hey, Girls! Haltet ihr die Leiter fest? Dann komme ich runter und helfe euch beim Hochklettern.«

»Oh, das wär super!«, ruft Stina, bevor ich klarstellen kann, dass ich keine Hilfe brauche. Ich verdrehe die Augen, doch Tim kommt schon die Leiter heruntergeklettert.

»Oben dürfte es etwas tricky werden, weil die Leiter nicht ganz bis zum Fenster reicht. Schafft ihr das?«, fragt er.

»Jepp.« Ich nicke knapp. »Ich geh zuerst und helfe Stina dann rein.«

Sie schaut mich dankbar an, sportlich bin ich ihr doch um einiges voraus.

Es dauert nicht lang, bis ich die oberste Sprosse erreicht habe und meine Beine nacheinander über das Fensterbrett schwinge.

»Jetzt du, Stina!«

Meine Freundin zögert nicht lang und kommt nach. Ich strecke ihr die Hand entgegen und halte sie fest, als sie hineinklettert. »Gut gemacht!«

Ich höre, wie sie erleichtert aufatmet. Gemeinsam strecken wir die Köpfe zum Fenster raus. Aber Tim ist nicht mehr zu sehen.

»Der kommt gleich als Fuchs hier oben an«, sagt Stina und grinst schon wieder. »Ich kann immer noch nicht fassen, dass das alles wahr ist. Hoffentlich wache ich nicht morgen früh einfach auf und stelle fest, dass ich alles nur geträumt habe.« Sie sieht mich an. »Da hat man eine beste Freundin und denkt, man weiß wirklich alles über sie, und dann stellt man auf einmal fest, dass sie eine Hexe in Ausbildung ist …«

»Eine *Green Witch*«, ertönt es hinter uns. Stina und ich fahren herum.

»Das ging ja diesmal schnell!«, sage ich überrascht. »Ich dachte schon, wir müssten allein suchen, bis du es schaffst, dich zurückzuverwandeln.«

»Vorhin hatte ich auch wieder echte Probleme damit«, gibt er zu. »Aber als ich euch unten gehört habe, ging es auf einmal ganz einfach. Ich wusste, dass ihr mich braucht, und da funktionierte es fast von allein. Und gerade ging es noch schneller. Ich bin als Fuchs die Treppe hoch und habe mich sofort wieder zurückverwandelt.«

Ich verkneife mir ein Lachen. »Du weißt aber schon, dass du hier auf allen vieren rumkrabbelst?«

Tim springt auf. Er lächelt verlegen. »Hab ich glatt vergessen.«

»Ist trotzdem super, dass es so gut geklappt hat. Wir haben dir doch gleich gesagt, dass du das schaffst, Tim«, sagt Stina. »Du musst nur an dich glauben!«

Ich verkneife mir noch ein Grinsen. Genau das sage ich immer zu Stina, wenn sie Angst davor hat, es im Sportunterricht nicht über den Bock zu schaffen, oder sich nicht traut, vom Dreimeterbrett zu springen.

»Ohne euch hätte ich das nicht geschafft.« Tim pustet sich seinen Pony aus dem Gesicht, dann gähnt er laut. »Wenn es nur nicht so verdammt anstrengend wäre! Ich bin total müde.«

»Pennen kannst du später«, sage ich. »Jetzt müssen wir erst einmal das Buch suchen.«

»Okay.« Tim pustet noch einmal gegen seinen Pony.

»An die Arbeit!«, feuere ich die beiden an.

Ich sehe mich zum ersten Mal richtig in dem Raum um, in dem wir stehen. Im Gegensatz zum Rest des Hauses hat meine Tante sich hier oben einen klassischen, hexenwürdigen Dachboden eingerichtet. Von den Balken hängen getrocknete Kräuter, genau wie ich mir das vorgestellt habe. An einer Wand steht ein schwerer alter Schrank aus fast schwarzem Holz, daneben eine große Vitrine, in der jede Menge Dosen und Flaschen aufgereiht sind. Neben der Tür ist ein Regal, das voll bepackt mit Büchern ist. In der Mitte des Raumes hat Camilla einen großen Arbeitstisch platziert und in einer Ecke einen Sekretär und einen wunderschönen Ohrensessel. Da sitzt sie sicher oft und studiert ihre Bücher, denke ich. Bürokram – ha, ha!

Stina und Tim gehen rüber zum Bücherregal. »Wie sieht das Buch denn aus?«, fragt Stina ihn. »Wonach muss ich suchen?«

»Das wirst du erkennen. Du weißt es, wenn du es in den Händen hältst«, erklärt Tim.

»Aha«, sagt Stina und wirft mir einen Blick zu. In ihrem Gesicht steht ein großes Fragezeichen.

»Ich weiß es auch nicht. Aber es stehen Hexensprüche drin. Daran wirst du es erkennen«, erkläre ich.

»Wie *Lupuli strobulus*? Blöder Spruch übrigens, das heißt nichts anderes als Hopfenzapfen.« Stina zuckt mit den Schultern. »Das sind bloß die getrockneten Früchte der Hopfenpflanze. Aber was soll's. Hauptsache, es wirkt.«

Ich nicke und schaue durchs Zimmer. Wo würde ich ein so wichtiges Buch aufbewahren?

»Wenn es zu jedem Hexenspruch einen Antispruch gibt, der den Zauber wieder aufhebt«, höre ich Stina langsam sagen, »heißt das, es gibt theoretisch auch einen, den ich anwenden könnte, wenn ich mit einem Vergessens-Zauber belegt werde?«

»Nope!«, sagt Tim. »Keine Chance. Weil du ja alles vergessen hast, bevor du den Gegenspruch anwenden kannst.« Ich hoffe wirklich, dass Stina nichts von dem vergessen muss, was wir gerade erleben. Aber da fährt Tim schon fort: »Ich glaube, ehrlich gesagt, dass du keine Chance haben wirst, Stina. Normale Menschen dürfen es einfach nicht wissen.« Er grinst schelmisch. »Es sei denn, du lässt dich zur Hexe ausbilden.«

Stina reißt die Augen auf. »Geht das denn?«

»Ja, aber nur in absoluten Ausnahmefällen«, erkläre ich. »Und auch nur«, ich hebe drohend den Zeigefinger,

»wenn wir jetzt endlich das Buch finden und Camilla zurückverwandeln.«

»Okay!«

Während Tim und Stina nun eifrig das Bücherregal durchforsten, stehe ich einfach nur da, schaue mich um und horche dabei tief in mich hinein. Meine Mutter hat nicht nur einmal zu mir gesagt, dass ich mich auf meine Intuition und meinen Bauch verlassen soll, wenn es mal brenzlig wird. Sie ist diejenige, die mir immer wieder klarmacht, dass ich nur an mich glauben muss und dann alles schaffen kann. Und sie hat auch gesagt, dass sie immer für mich da ist und mir ihre Energie schickt, wenn sie fühlt, dass ich sie brauche. Es ist komisch – jetzt bin ich zum ersten Mal in einer Situation, in der ich mir genau das wünsche. Dass meine Mutter für mich da ist und mir ihre Energie schickt. Und ausgerechnet jetzt darf ich sie nicht darum bitten!

Doch der Gedanke, dass meine Mutter fühlen könnte, wenn ich ihre Hilfe brauche, macht mir Mut. Und plötzlich ist da wirklich etwas. Ein vages Gefühl nur, das aber immer stärker wird. Irgendetwas zieht mich wie durch einen magischen Faden in Richtung des Sekretärs in der Ecke. Langsam gehe ich darauf zu und setze mich in den Ohrensessel. Er ist weich und bequem.

Ich schaue auf die Schreibtischplatte – und stutze.

Eine dünne Schicht Staub hat sich daraufgelegt. Darin sieht man ganz deutlich Fingerabdrücke. Und ich vermute mal, dass die nicht von meiner Tante sind. »Sie war hier!«, sage ich laut. »Die fiese Hexe wollte Camillas Buch! Hoffentlich hat sie es noch nicht gefunden.«

Es muss hier irgendwo sein, denke ich und öffne nacheinander die drei Schubladen, die sich auf der linken Seite des Schreibtisches befinden. Leider finde ich darin nur allen möglichen völlig unmagischen Kleinkram, Locher, Tacker, Tesafilm ... aber kein Buch. Hat sie doch Bürokram hier erledigt?

Ich fahre mit den Händen über das alte Holz. In der Mitte der Platte kommt eine wunderschön verzierte Kamillenblüte unter der Staubschicht zum Vorschein. Sie wurde wie ein Mandala in das Holz geschnitzt. Ich lege meine Hand flach auf die Blüte, schließe die Augen und denke an Camilla. Mit der anderen Hand umgreife ich den grünen Edelstein an der Kette um meinen Hals und wünsche mir inständig, meiner Tante helfen zu können.

Als ich die Augen wieder öffne, stehen Tim und Stina neben mir und starren den Schreibtisch an. Denn dort leuchtet die Kamillenblüte in einem so strahlenden Gelb, als wäre sie ein Stern, der am Himmel aufgegangen ist.

»Was passiert hier?«, flüstert Stina.

Ich kann selbst nur staunen. Gelbes Licht schlängelt sich wie eine feine Schnur um meine Finger und lässt sie leuchten. Das ist keine Hexerei, das ist wahre Magie, denke ich. Lichtenergie. Und auf einmal kommt mir meine Mutter wieder in den Sinn. Kurz sehe ich ihr lächelndes Gesicht vor mir, bevor die Lichtschnur aus meinen Händen gleitet und den Umriss eines großen Buches bildet. Kurze Zeit später ist der Zauber vorbei. Der Umriss hat sich verflüchtigt. Übrig gebliebene ist ein großes, sehr dickes Buch, das nun vor mir auf dem Schreibtisch liegt. Der Ledereinband ist mit vielen Blumenornamenten verziert und in der Mitte steht in einer alten, verschnörkelten Schrift: *Camilla aus dem Thal der Blumen, Meisterin der Kräuterkunde*.

»Du hast es geschafft, Elisabeth Vermeer!«, sagt Stina andächtig und fällt mir um den Hals. »Wie großartig, du bist eine echte Hexe! Jetzt müssen wir nur noch den richtigen Spruch finden.«

Ehrfürchtig schlage ich die erste Seite auf. »Hexensprüche für Kräuterkundige«, lese ich und blättere um. »Nummer eins: Wie man einen verstimmten Magen heilt …« Ich blättere weiter, dann schaue ich auf zu Stina und Tim. »Das Buch hat kein Inhaltsverzeichnis«, sage ich entmutigt. »Es dauert Ewigkeiten, bis wir den Spruch finden.«

»Lasst es uns mit nach unten nehmen«, schlägt Tim vor. Er reibt sich über den Bauch. »Unten ist es gemütlicher. Außerdem habe ich noch nichts gegessen und sterbe bald vor Hunger.«

Jungs, denke ich, die denken ständig ans Essen, sogar, wenn hier das Leben meiner Tante auf dem Spiel steht.

Aber Stina tickt da ähnlich: »Gute Idee, ich könnte auch mal wieder eine Kleinigkeit vertragen«, stimmt sie Tim zu. Sie gibt mir einen Stups. »Kopf hoch. Leerer Bauch studiert nicht gern, sagt Mama immer. Und wir wechseln uns ab – wir finden den Spruch schon.«

»Dann verwandle ich mich jetzt wieder in einen Fuchs, laufe runter und sichere euch die Leiter«, sagt Tim und schon wirbelt ein kleiner rostroter Tornado um ihn herum.

»Wie nett, dass ich gar nicht gefragt werde«, moppere ich, aber Stina lacht nur und drückt mir einen dicken Schmatzer auf die Wange.

18.

»Schau doch mal nach, ob es alphabetisch sortiert ist«, schlägt Stina vor.

Ich schüttle frustriert den Kopf. »Es fängt mit Heilung von Magenverstimmungen an, also nicht mit einem A.«

»Zeig mal her.« Stina nimmt mir das Buch aus der Hand. »Irgendein System gibt es da bestimmt.« Sie blättert vor, zurück, beißt auf ihrer Unterlippe herum und schiebt es mir schließlich wieder zu. »Darin gibt es überhaupt keine Ordnung, zumindest keine erkennbare. Es wird uns nichts anders übrig bleiben, als auf jeder einzelnen Seite nachzuschauen. Fängst du an, Lizzy? Dann holen Tim und ich das Frühstück aus der Küche. Willst du auch noch was essen?«

Ich schüttle wieder den Kopf. Mir ist der Appetit vergangen. Im Gewächshaus verwandelt sich Camilla nach und nach in stinkenden Schleim, nur weil wir den entsprechenden Enthexungsspruch nicht finden. Und selbst wenn wir ihn finden, weiß ich nicht, ob er funktioniert. Immerhin bin ich noch keine echte Hexe, meine Ausbildung hat noch nicht mal angefangen. Das alles sorgt ganz schön für Magengrummeln bei mir.

Stina und Tim sehen das anscheinend lockerer. Sie gehen gut gelaunt in die Küche, wo ich sie mit Geschirr klappern höre. Ich bleibe im Wohnzimmer am Esstisch sitzen, atme tief durch und mache mich an die Arbeit.

Als Stina und Tim lachend zurückkommen, die Frühstückssachen auf dem Tisch verteilen und sich zu mir setzen, schaue ich genervt auf. »Wenn ihr so einen Krach macht, kann ich mich nicht konzentrieren.«

»Okay, dann schweigen wir jetzt«, sagt Stina mit fröhlicher Stimme.

»Zu Befehl, ab jetzt wird nichts mehr gesagt.« Tim grinst mich an und nimmt sich ein Brötchen. Aber allein das Geräusch, das er beim Aufschneiden verursacht, stört mich.

Ich stehe wortlos auf, setze mich mit dem Hexenbuch rüber auf die Couch und versuche zu ignorieren, dass die beiden sich jetzt flüsternd unterhalten. So viel zum Thema Schweigen … Ich überprüfe Seite für Seite, blättere und blättere, entdecke ein Mittelchen, um das Haarwachstum anzuregen, Hustenhonig, Saft gegen angehexte Hexennasen und viele Dinge mehr, von denen ich bisher keine Ahnung hatte, dass es sie gibt. Aber einen Spruch oder von mir aus auch ein Pulver gegen Verwandlungen in Pflanzen kann ich nicht finden.

»Alles gut bei dir?«, fragt Stina genau 233 Seiten

später und setzt sich neben mich auf die Couch. »Soll ich dich mal ablösen?«

Die große Standuhr schlägt zwei, Mittag ist schon vorbei. Jetzt knurrt mein Magen doch.

»Na gut«, sage ich.

»Wir schaffen das schon.« Stina lächelt mich aufmunternd an. »Haben wir doch bisher immer.«

»Das stimmt.«

Stina hat mir geholfen, als ich wegen Mathe beinahe sitzen geblieben wäre. Stundenlang hat sie mit mir gebüffelt, als ich mich auf die Nachprüfung vorbereiten musste. Und ich war für sie da, als ihre Oma letztes Jahr gestorben ist. Auch andere Krisen haben wir schon gemeinsam bewältigt.

Ich schlucke die aufsteigenden Tränen herunter, lächle zurück und gebe meiner Freundin das Buch. »Bei Ohrensausen bin ich stehen geblieben.«

Sie drückt mich an sich. »Iss du auch mal was!«, sagt sie. »Nicht, dass du noch umkippst.«

»Du hast recht.« Ich stehe auf und merke, dass Rasty von meinem Pferdeschwanz auf meine Schulter klettert. »Mist!«, entfährt es mir. »Rasty hatte heute auch noch nichts zu fressen! Und ich habe keine Kartoffeln für sie mitgebracht, weil meine Mutter gesagt hat, dass sie ja hier bei Camilla wachsen und wir sie hier frisch kochen können.«

Stina springt sofort auf. »Bestimmt im geheimen

Pflanzenteil des Gewächshauses. Lass uns zusammen nachschauen. Machst du weiter, Tim?«

»Klar.« Tim nimmt bereitwillig das Buch entgegen und schlägt es vor sich auf dem Esstisch auf.

»Pass gut darauf auf«, sage ich, als ich an ihm vorbeigehe.

Draußen vor der Tür hakt Stina sich bei mir unter. »Wusstest du, dass Tims Mutter auch eine Lichthexe ist, wie deine Mutter und deine Tante? Vielleicht kennen die sich sogar.«

»Bestimmt. Wir fragen sie mal, wenn wir wieder zu Hause sind«, schlage ich vor. Vorausgesetzt, Stina weiß dann noch, was heute hier passiert ist, denke ich.

»Meinst du, er findet mich auch ...«, beginnt Stina den nächsten Satz, bricht dann aber ab. »Ach, nix.«

Wir sind mittlerweile am Gewächshaus angekommen. »Er mag dich, das sieht man«, sage ich, drücke die Tür auf – und halte mir entsetzt die Nase zu.

»Shit!«, ruft Stina. »Sie zersetzt sich immer mehr zu Schleim.«

Wir rennen beide zu Camilla. Meine arme Tante lässt die Blütenblätter hängen. Von einem tropft dickflüssiger schwarzer Schleim auf den Boden.

»Was machen wir denn bloß?«, frage ich. Jetzt ist mir wirklich zum Heulen zumute.

»Ich glaube, die braucht Wasser!«, sagt Stina. »Komm, wir suchen eine Gießkanne.«

Wir stürmen beide los. Es dauert nicht lange, bis ich fündig werde. Die Gießkanne steht direkt unter einem Waschbecken. »Ich hab eine!«, rufe ich, drehe den Hahn auf und lasse die Kanne voll Wasser laufen.

»Die ist winzig«, stellt Stina fest, als wir uns wieder bei der Rafflesie treffen. »Damit gießt man normalerweise kleine Pflanzen wie Topfblumen.«

»Besser als gar nichts.« Ich gehe näher an Camilla heran und gieße sie vorsichtig. Der Gestank ist wirklich unerträglich, aber ich versuche, flach zu atmen und gleichmäßig weiterzugießen. Der Strahl läuft langsam aus der Kanne und versickert im Wurzelbereich der Pflanze. »Sie erholt sich!«, sage ich und atme auf, auch wenn das bei dem bestialischen Gestank nicht angenehm ist. »Guck mal, die Blütenblätter richten sich wieder auf. Und der Schleim tropft nicht mehr.« Erleichtert gieße ich weiter – und weiter und weiter.

Auch Stina seufzt auf. »Was für ein Glück!« Sie sieht zu mir rüber und legt den Kopf leicht schief. »Dafür, dass die Kanne so winzig ist, kommt ganz schön viel Wasser raus.«

»Stimmt.« Ich schaue auf die kleine grüne Gießkanne in meiner Hand. »Sie ist immer noch genau so schwer wie eben.«

»Wie cool! Das ist bestimmt eine Hexenkanne.«

»Ja … aber komisch, dass sie bei mir funktioniert«, überlege ich laut. »Ich bin doch noch gar keine Hexe.«

»Vielleicht, weil du Camillas Stein trägst?«

»Kann sein.« Ich schiele runter auf die Kette um meinen Hals, doch der Stein leuchtet nicht, wie sonst immer, wenn er mit einer Hexerei in Verbindung steht. Noch einmal schaue ich auf die Kanne, in der immer noch Wasser ist. Da kommt mir plötzlich Ava in den Sinn. Fast lasse ich die Kanne fallen – warum habe ich nicht früher an sie gedacht? Ob sie etwas mit Camillas Verhexung zu schaffen hat? Mir wird ganz schwummrig zumute. Ich hoffe ganz fest, dass sie nichts damit zu tun hat!

»Ich glaube, das reicht jetzt«, sagt Stina da.

Genau in diesem Moment huscht etwas zwischen uns entlang. Vor Schreck reiße ich die Kanne hoch. Wasser spritzt durch die Luft und Stina ruft: »Tim!«

Sie hat recht: Ein rotbrauner Fuchs sieht mit bernsteinfarbenen Augen zu uns auf.

»Was ist passiert?«, fragt Stina. »Willst du uns holen?«

Da durchzuckt es mich wie ein Blitz. »Camillas Buch!«, rufe ich. Es liegt ungeschützt auf dem Esstisch. Wenn es dort jemand findet …

Der Fuchs dreht sich um und läuft in Richtung Tür, Stina und ich rennen hinterher.

Als wir im Wohnzimmer ankommen, sind wir völlig aus der Puste. Aber zum Glück liegt das Buch unversehrt auf dem Tisch.

»Was ist los?«, fragt Stina noch einmal und geht in die Hocke, auf Augenhöhe mit Tim.

»Wahrscheinlich hat er sich unkontrolliert verwandelt und kommt jetzt von allein nicht zurück«, vermute ich.

Doch da ruft Stina: »Tim blinzelt so komisch. Guck mal, ich glaube, er will uns etwas sagen.«

Ich gehe neben meiner Freundin in die Hocke. Der Fuchs sieht uns mit großen Augen an, dann schließt er ein paar Mal hintereinander die Augen und sieht uns auffordernd an.

»Einmal, zweimal, dreimal, viermal, fünfmal«, stellt Stina fest.

»Fünf?«, frage ich. »Was meinst du damit, Tim?«

Da blinzelt er wieder los.

»Dreimal«, ruft Stina ganz aufgeregt.

Und schon blinzelt Tim weiter. Diesmal dauert es etwas länger, bis er damit fertig ist.

»Neun«, stelle ich fest. »Fünf-drei-neun. Was könnte er uns damit sagen wollen?« Ich springe auf. »Warte mal … Das Buch hat zwar kein Register, aber es hat Seitenzahlen.« Nur Sekunden später beuge ich mich mit Stina über den Tisch und wir blättern im Buch.

»Seite fünfhundertneunundddreißig, Verwandlungszauber der Kategorie 3, formverändernde Hexensprüche – Streptophyta Rafflesia. Ich werfe Tim einen Blick zu. »Das hast du gut gemacht!«, sage ich und lese vor:

»Dieser Spruch ermöglicht es Meistern und Althexen, ihr Gegenüber in eine Riesenrafflesie zu verwandeln. Dabei kann die ausführende Hexe zwischen *Rafflesia anoldii* und *Rafflesia baletei* mittels Kraft ihrer Gedanken wählen.

Diese fortgeschrittene Hexenkunst ist mit Vorsicht anzuwenden, da der Verzauberte sich nach drei Tagen fast vollständig zersetzt und in schwarzen Schleim verwandelt. Der Prozess geht mit dem Verwelken der Rafflesie einher.

Der Spruch kann sowohl im Morgengrauen als auch während der Abenddämmerung angewendet und nur innerhalb der nächsten drei Tage rückgängig gemacht werden.«

Oh Mann, das klingt ja grauenhaft! Stina und ich sehen uns fassungslos an. Ich glaube, bisher hatte ich noch gar nicht wirklich kapiert, dass das stinkende Ungetüm im Gewächshaus ernsthaft meine Tante ist. Wie kann man einem Menschen so etwas antun?

Stina muss auch heftig schlucken. »Immerhin haben wir noch fast drei Tage Zeit«, sagt sie dann, um mich zu beruhigen.

»Ja, schon – aber wird Camilla wieder wie früher sein, wenn sie sich teilweise schon zersetzt hat?«, frage ich leise.

Stina zuckt hilflos mit den Schultern.

Ich blättere auf die nächste Seite. »Na, ganz toll, hier

steht zwar, dass der Spruch rückgängig gemacht werden kann, aber nicht, wie.«

Da taucht plötzlich ein schwarzer Strubbelkopf neben uns auf. Wir waren so versunken in die Anleitung, dass wir Tims Rückverwandlung gar nicht mitbekommen haben!

»Revertere«, sagt Tim. »Das ist Lateinisch, bedeutet umkehren und funktioniert bei jedem Spruch, wenn man es hinten dranhängt. Die grundlegenden Infos stehen ganz hinten im Buch.« Er lächelt schelmisch. »Ich lese immer zuerst die letzte Seite.«

»Streptophyta Rafflesia Revertere«, flüstere ich ehrfürchtig.

Tim nickt. »Genau. Ich hoffe, dass du uns Camilla zurückbringst. Ich habe echt keine Lust mehr darauf, mich unabsichtlich zu verwandeln. Ich war eben so aufgeregt, als ich den Spruch gefunden habe, dass ich überhaupt keine Kontrolle mehr darüber hatte. Obwohl es doch heute Morgen so gut geklappt hat. Das Zurückverwandeln gerade hat dann noch weniger gut funktioniert. Das nervt voll!« Er gähnt wieder mal. »Und es ist echt anstrengend.«

»Das glaube ich dir«, sagt Stina.

Ich klemme mir das Buch unter den Arm und straffe die Schultern. »Wenn wir es schaffen und Camilla zurückverwandeln können, dann verspreche ich dir, dass ich alles tun werde, um in meiner Ausbildung ein

Mittel für dich zu finden«, sage ich und sehe ihm fest in die Augen. Jetzt wird es ernst. »Gehen wir!«

Tim und Stina stehen schweigend neben mir. Wir können kaum atmen, weil die Pflanze so grauenhaft stinkt, und sprechen darum nur das Nötigste. Ich klappe noch einmal das Buch auf und lese mir den Spruch durch, damit ich auch alles richtig mache. Dann sage ich laut und klar: *»Streptophyta Rafflesia Reverterum.«*

»Revertere«, korrigiert Stina mich.

Ich nicke und versuche es noch einmal: *»Streptophyta Rafflesia Revertere.«*

Gespannt schauen wir auf die riesige Urwaldpflanze. Aber es passiert nichts, es erscheint keine Camilla. Im Gegenteil. Schwarzer Schleim löst sich von der Blüte und tropft auf den Boden, wie vorhin.

»Vielleicht hilft es, wenn du Camillas Stein mit der Hand umschließt, während du den Spruch sagst. Das sehe ich bei meiner Oma manchmal, wenn sie etwas besonders Wichtiges hext«, schlägt Tim vor.

»Könnte sein.« Ich umfasse Camillas Talisman, konzentriere mich ganz auf den Spruch und sage ihn noch einmal auf: *»Streptophyta Rafflesia Revertere.«*

Aber auch diesmal passiert nichts.

»Ich hab's!«, ruft Tim da. »Du bist noch in der Ausbildung. Du kannst nur hexen, wenn du das passende Pulver dafür benutzt.«

»Du meinst, ich brauche getrocknete Rafflesie?«, frage ich. »Und wo bekommen wir die so schnell her?«

»Wir könnten sie im Ofen trocknen«, schlägt Stina vor. »Das geht schnell, länger als eine halbe Stunde dauert es nicht, wenn wir nur wenig Pulver brauchen. Ich habe das letztens erst mit Apfelringen gemacht, das funktioniert super.«

Ich betrachte skeptisch die riesige stinkende Rafflesie. »Und wie stellt ihr euch das vor? Das da ist meine Tante, wenn wir uns nicht sehr getäuscht haben. Ich kann doch nichts von ihr abschneiden und es im Ofen trocknen. Wenn wir Pech haben, fehlt ihr am Ende ein Finger, ein Fuß oder sonst irgendwas!«

»Da hast du auch wieder recht.« Stina begibt sich wieder in ihre Nachdenkhaltung. Sie legt den Kopf leicht schief, kaut auf ihrer Unterlippe rum und betrachtet meine arme Tante. »Und was, wenn wir es mit dem Schleim versuchen? Der ist doch auch von Camilla.«

»Ich weiß nicht«, sage ich. Irgendwie bin ich gerade einfach nur frustriert. »Jetzt haben wir das Buch gefunden und es klappt trotzdem nicht. Ich habe Angst, dass wir zu lange warten und Camilla dann wirklich nur noch zäher stinkender Schleim ist. Vielleicht sollte ich jetzt doch meine Mutter anrufen. Dann war's das eben mit meiner Hexenausbildung.« Ich unterdrücke ein Schluchzen. Es ist alles so furchtbar!

Tim legt seinen Arm um meine Schultern. »Meine Mutter sagt immer, dass alles seinen Sinn hat im Leben. Und ich glaube, dass es deine Aufgabe ist, Camilla zu retten. Ich würde an deiner Stelle noch nicht klein beigeben. Das mit dem Schleim ist doch eine gute Idee von Stina! Außerdem haben wir drei Tage Zeit. So stand es zumindest in Camillas Hexenbuch.«

Ich ziehe die Nase hoch und wische mir die Tränen aus dem Gesicht. »Na gut«, schniefe ich schließlich, »versuchen wir es!«

»Prima.« Tim sieht sich um. »Ich besorge uns eine kleine Schippe und etwas, worin wir den Schleim transportieren können.«

»Danke«, sage ich.

Kaum hat Tim sich ein paar Meter von uns entfernt, flüstert Stina: »Du Glückliche.«

Ich rolle mit den Augen. Ich weiß ganz genau, was Stina meint. Ich habe ihren sehnsüchtigen Blick gesehen, als Tim mich eben in den Arm genommen hat.

»Hat dich vielleicht jemand mit einem Liebeszauber verhext?«, frage ich und kann schon wieder ein bisschen grinsen. »Du denkst nur noch an den Fuchs.«

Stina läuft rot an wie eine Tomate. Dann bekommt sie plötzlich große Augen. »Ich versuche echt, nicht ständig an ihn zu denken, aber das gelingt mir irgendwie nicht. Meinst du, es könnte wirklich sein, dass mich jemand mit einem Liebeszauber verhext hat?«

Jetzt kann ich nicht mehr anders. Obwohl mir eigentlich überhaupt nicht nach Lachen zumute ist, pruste ich laut los.

19.

Das Lachen hat gutgetan. Obwohl mir inzwischen fast die Luft wegbleibt von dem Gestank der Rafflesie.

Meine Freundin schubst mich zur Seite. »Das war gemein«, sagt sie. Doch sie grinst dabei.

»Sorry, aber so wie ich die Lage einschätze, hast du dich bis über beide Ohren in den Mini-Bam verknallt. Da hat niemand mit Hexerei nachgeholfen. So was passiert einfach.«

»Aber theoretisch wäre es möglich, oder? Gibt es einen Liebeszauber-Hexenspruch?«, bohrt Stina nach und ich muss schon wieder lachen.

»Sag bloß, du willst ihn bei Tim anwenden.«

»Du bist doof!« Stina zieht eine Flappe.

»Okay, es gibt einen Liebeszauber-Hexenspruch. Da bin ich mir ziemlich sicher. Aber ich glaube nicht, dass du ihn für deinen Fuchs brauchst. Wie gesagt, ich glaube, dass er voll auf dich steht.«

»Meinst du echt?«

Ich seufze und nicke. In dem Moment kommt Tim zurück. Er hebt eine kleine Schaufel und ein Glas hoch. »Es kann losgehen, Girls!«

»Nur das mit den ›Girls‹ sollte er sich abgewöhnen«, flüstere ich, »ich finde, das klingt bescheuert!«

»Finde ich auch«, sagt Stina leise und wir lächeln uns an.

»Du bist die Gärtnerin hier«, sagt Tim und drückt Stina die Schaufel in die Hand. »Du solltest das machen!«

»Gute Idee«, stimme ich zu.

»Ihr seid Weicheier!« Stina macht sich sofort an die Arbeit und kratzt den getrockneten Schleim vom Boden. Sorgfältig bugsiert sie ihn mit der Schaufel ins Glas.

Als wir kurz darauf aus dem Gewächshaus treten, ist es windstill und die Sonne scheint. Das trübe Wetter hat sich verzogen.

»Bekommt ihr das mit dem Trocknen allein hin?«, frage ich spontan. »Ich muss mal ein bisschen allein sein und würde gerne runter zum See gehen.«

»Klar kriegen wir das hin«, sagt Tim.

»Gut drauf aufpassen. Bis gleich.« Ich drücke ihm Camillas Buch in die Hand und mache mich auf den Weg.

Der See liegt still und einladend vor mir, als ich von den Glitzerkieselsteinen auf die Wiese trete und einen Moment innehalte. Heute schimmert das Wasser in einem satten Grünton. Ein Schwanenpärchen zieht darauf seine Kreise und im Schilf zirpen ein paar Grillen. Mit Ohren an den Beinen, denke ich und muss lachen. Ich gehe weiter und setze mich auf den schmalen Holzsteg, dorthin, wo ich es mir auch mit Stina beim letzten Mal gemütlich gemacht habe. Einen Moment halte ich mein Gesicht der warmen Sonne entgegen und lausche den Geräuschen um mich herum. Irgendwo klopft ein Specht gegen einen Baumstamm, die Schwäne geben gurgelnde Töne von sich und ganz in der Nähe zwitschern ein paar Schilfrohrsänger. Das sind kleine Vögel, die an langsam fließenden oder stehenden Gewässern leben. Schon als kleines Kind bin ich oft mit meinem Opa und meiner Erdhexen-Oma draußen unterwegs gewesen und sie haben mir viel über die Natur erzählt. Ich öffne die Augen und schaue mich um. Ich weiß, dass der Baum etwas weiter links am Ufer eine Weide ist und dass diese Bäume häufig zur Befestigung des Ufers gepflanzt werden. So ganz ahnungslos bin ich also nicht, was Pflanzen angeht, auch wenn ich natürlich längst nicht so viel weiß wie Stina. Eine Wasserspitzmaus huscht durch das Gras ins Schilfdickicht. Sie ernährt sich von Insekten und kleinen Krebsen. Im Wasser tummeln sich Hechte, Zander, Barsche und Forellen. Und auf dem Seegrund haben es sich Aale gemütlich gemacht. Ich weiß nicht, ob Oma mich von Anfang an darauf vorbereiten wollte, eine Erdhexe zu werden. Aber sie wollte mir wohl einfach gern eine Menge beibringen. Opa erklärt mir außerdem immer etwas zu seinen Bienen, überhaupt zu allen Tieren im Wasser und in der Luft, was ich auch spannend finde. Und nun soll ich plötzlich eine Kräuterhexe werden, obwohl ich am allerliebsten zur Wasserhexe ausgebildet worden wäre! Was für ein Durcheinander.

»Ich hoffe, du hast nichts mit Camillas Verhexung zu schaffen«, sage ich, meinen Blick auf das Wasser gerichtet. »Das fände ich nämlich ernsthaft richtig, richtig fies und gar nicht mehr witzig.« Ich ziehe Avas Stein, den ich immer noch bei mir trage, aus der Tasche und umschließe ihn mit meinen Händen. »Bist du hier irgendwo, Ava? Warst du das? Hast du meine Tante in eine stinkende Riesenrafflesie verhext?«

Eine Antwort bekomme ich nicht. Das Wasser bleibt grün. Ich spiegele mich nur selbst darin – und kann sogar erkennen, dass Rasty gerade auf meinen Kopf gekrabbelt kommt.

Da fällt mein Blick auf das Boot, das neben dem Steg am Ufer liegt. Ich überlege nicht lange, schiebe es ins Wasser, setze mich hinein und rudere raus auf den See. Vielleicht kann ich der Wasserhexe so näher kommen.

»Wo bist du, Ava?«, murmele ich. »Ich brauch deine Hilfe.« Aber der See bleibt still. »Bitte«, flüstere ich. »Ich weiß echt nicht mehr weiter.« Ich nehme wieder den Aquamarin in die Hand. Ich schließe die Augen und drücke den Stein ganz fest. »Ava«, wispere ich. »Hilf mir …«

Da fangen die Schwäne im Schilf aufgeregt an zu schimpfen. Ich öffne die Augen und sehe, wie eine sanfte Welle vom anderen Ende des Sees auf mich zurollt. Mein Boot wird auf dem Wasser in die Höhe getragen und wieder nach unten. Mein Herz klopft laut. Als das Wasser sich wieder beruhigt hat, beuge ich mich über den Bootsrand – und entdecke ein lächelndes Gesicht auf der spiegelnden Oberfläche.

»Ava«, flüstere ich. Tatsächlich schaut mir das Spiegelbild der Wasserhexe entgegen. »Danke, dass du gekommen bist!«, sage ich. »Wir haben ein echt großes Problem: Camilla ist in eine stinkende Riesenrafflesie verhext worden.«

Ava reißt die Augen auf und schlägt sich die Hand vor den Mund.

»Hast du was damit zu tun?«

Ava schüttelt den Kopf. Sie zieht eine Schnute, dann hebt sie ihren Zeigefinger, so als würde sie mir etwas Wichtiges mitteilen wollen.

»Was willst du mir sagen?«, frage ich.

Ava hebt beide Hände und spreizt ihre Finger.

»Was meinst du? Ich verstehe nicht.«

Jetzt hebt Ava nur eine Hand und zeigt dabei drei Finger.

»Drei?«, frage ich.

Sie nickt und hebt wieder beide Hände.

»Drei und zehn. Dreizehn!«

Ava nickt abermals und klatscht in die Hände.

»Was meinst du denn damit? Kannst du nicht herauskommen und mir helfen?«, bitte ich, obwohl ich die Antwort schon kenne. Das ist ja nicht die echte Ava im Wasser unter mir, sondern nur ihr Spiegelbild. Und wie erwartet schüttelt Ava den Kopf.

Ich seufze enttäuscht auf. »Wir haben den Spruch rausgefunden, mit dem Camilla zurückverwandelt werden kann. Aber er hat nicht gewirkt«, erzähle ich.

Wieder zieht Ava eine Schnute. Keine Ahnung, was das heißen soll. »Stina und Tim trocknen gerade ein bisschen von der Rafflesie im Backofen«, erzähle ich trotzdem weiter. »Danach wollen wir sie pulverisieren. Vielleicht hilft mir das ja beim Zurückhexen.«

Ava reißt ihre Augen auf und schüttelt den Kopf. Dabei sieht sie richtig entsetzt aus.

»Keine Angst, wir trocknen nicht die Rafflesie, falls du das denkst – nur etwas von ihrem Schleim«, erkläre ich und muss lachen.

Ava stimmt in das Lachen ein, sodass viele kleine Blubberblasen auf der Wasseroberfläche tanzen. Dann nickt sie und zeigt mir ihren nach oben gereckten Daumen.

»Das wirkt also?«

Ava greift nach dem Lederband um ihren Hals, an

dem ihr eigener Aquamarin hängt, umfasst den Edelstein und schließt die Augen. Als sie sie wieder öffnet, sieht sie mich an und nickt erneut.

»Ich soll dabei den Edelstein anfassen?«, frage ich. »Das habe ich bei meinem ersten Versuch vorhin auch schon gemacht, allerdings hatte ich da das Pulver noch nicht.«

Die Wasserhexe klatscht in die Hände, und das Wasser fängt an, hin und her zu schwappen. Ich halte mich schnell am Bootsrand fest.

»Ups!«, sage ich, da höre ich Tim nach mir rufen.

»Lizzy, das Schleimpulver ist fertig. Kommst du?«

Ava nickt mir ein letztes Mal zu. Im nächsten Augenblick schaue ich mir wieder selbst in die Augen – beziehungsweise meinem Spiegelbild. Die Wasserhexe ist verschwunden. Froh darüber, dass sie es nicht war, die Camilla verhext hat, rudere ich an Land und laufe zum Haus. Stina und Tim haben alle Fenster geöffnet, damit der Gestank des Schleimes nach draußen zieht.

Als ich eintrete, sitzt Stina am Esstisch und liest in Camillas Buch. Sie ist so versunken darin, dass sie mich nicht kommen hört.

»Ich füll das Pulver ab«, sagt Tim und geht in die Küche.

»Suchst du nach dem Liebeshexenspruch?«, flüstere ich meiner Freundin ins Ohr.

Stina klappt das Buch zu. »Du bis doof«, sagt sie.

»Und du bist verliebt und voll süß.« Ich wedele mir mit der Hand frische Luft zu. »Camilla hat bestimmt einen Hexenspruch, damit es gleich wieder gut duftet«, sage ich fröhlich. »Den kann sie anwenden, wenn wir sie zurückgehext haben.«

»Gut, dass du wieder zuversichtlich bist«, antwortet Stina.

Zusammen gehen wir in die Küche. Tim kniet vor dem Backofen. Er hat sich eine Wäscheklammer auf die Nase gesetzt und ist gerade dabei, das Pulver in ein kleines Gläschen abzufüllen.

»Das stinkt immer noch abartig, hoffentlich hilft es«, näselt er.

»Bestimmt.« Ich schnappe mir das Glas. »Lasst es uns versuchen.«

Stina sieht mich misstrauisch an. »Alles in Ordnung mit dir?«

»Ja, warum?«

»Du bist ja auf einmal so fröhlich!«

»Erzähl ich dir gleich, lass uns erst mal Camilla zurückhexen.«

Wieder stehen wir im Gewächshaus vor der Rafflesie. Ich finde es zwar etwas ekelig, das Pulver aus dem Glas zu berühren, aber immerhin geht es hier um eine meiner Hexentanten. Ich schütte also etwas Pulver auf meine Handfläche. Dann schließe ich meine Augen, umfasse mit der anderen Hand Camillas Edelstein an der Kette um meinen Hals und sage laut und deutlich: *»Streptophyta Rafflesia Revertere.«* Dabei lasse ich das getrocknete Pulver auf die Pflanze rieseln.

Als ich die Augen öffne, schaue ich immer noch auf eine traurige Urwaldpflanze, die stinkend vor sich hin leidet.

»Mist!«, fluche ich. »Es klappt immer noch nicht!«

»Versuch es noch mal«, sagt Stina.

Ich atme tief ein und wiederhole die Prozedur, leider auch diesmal ohne Erfolg.

»Bestimmt hat es nicht geklappt, weil ich noch gar keine Hexe bin. Meine Ausbildung hat ja noch nicht einmal angefangen«, sage ich enttäuscht. »Dabei habe ich Ava vorhin so verstanden, als würde es tatsächlich funktionieren mit dem Pulver.«

»Ava?«, fragen Tim und Stina gleichzeitig.

Ich nicke. »Sie ist eine Wasserhexe und war beim Hexenkreis dabei, als entschieden wurde, zu welcher Art Hexe ich ausgebildet werden soll. Sie wollte mich auch gerne ausbilden.« Ich zucke mit den Schultern. »Aber die anderen Hexen haben sie irgendwie ausgetrickst, was sie sehr wütend gemacht hat. Und mich übrigens auch, weil ich nämlich lieber eine Wasserhexe als eine Kräuterhexe geworden wäre.«

»Das würde auch viel besser zu dir passen«, pflichtet Stina mir bei und ich lächle sie dankbar an.

Tim hingegen sieht nachdenklich aus. »Sie war wütend, sagst du? Vielleicht hat sie Camilla ja verhext.«

Ich schüttele den Kopf. »Sie hat geschworen, dass sie es nicht war.«

»Wo ist sie?«, fragt Stina.

»Nicht hier. Ich habe mich im Wasser gespiegelt und dabei ihr Bild gesehen. Sie hat mir nur Zeichen gegeben.«

»Und du bist dir ganz sicher, dass sie nix mit der Rafflesie zu tun hat?«, hakt Tim nach.

»Ja!«, antworte ich wie aus der Pistole geschossen. »Ich glaube ihr. Außerdem habe ich im Traum eine schwarzhaarige Frau gesehen, die durch das Gewächshaus geschlichen ist, und dann haben wir sie noch mal hier auf dem Grundstück erwischt. Ava hat blondes Haar mit vielen blauen Strähnchen. Die hätte ich sofort erkannt. Ava wollte mir vorhin helfen, da bin ich ganz sicher.«

»Und was hat sie genau gesagt, oder besser gesagt, was hat sie dir gezeigt?«, fragt Stina. »Vielleicht hast du ja was falsch verstanden.«

»Sie hat genickt, als ich ihr erzählt habe, dass ihr den Rafflesienschleim trocknet. Dann hat sie die Augen geschlossen und ihren Stein umfasst, so wie ich das auch eben mit Camillas Stein gemacht habe.«

»Okay«, sagt Stina und legt den Kopf schief. »Warte mal … Du hast gesagt, sie hat *ihren* Stein umfasst. Vielleicht ist das Problem ja, dass an der Kette um deinen Hals nicht *dein* Stein hängt, sondern Camillas?«

»Vielleicht hast du recht.« Ich denke an das Gespräch mit Camilla und mein Magen zieht sich mal wieder zusammen. »Normalerweise bekommt man den Stein von der Einen. Camilla wollte ihn mir heute geben. Und sie war gar nicht begeistert davon, dass ich schon einen von Ava bekommen habe.«

Ich ziehe den Aquamarin aus meiner Hosentasche. »Hier, den hat Ava mir geschenkt. Eigentlich hatte ich Camilla versprochen, dass ich ihn nicht mehr einstecke.« Ich lasse den Stein auf meine flache Hand kullern und zeige ihn Tim und Stina.

»Der ist aber schön!«, sagt Stina.

Tim nickt. »Versuch es doch damit noch mal!«

»Meint ihr?«

Tim und Stina lächeln mich aufmunternd an.

»Na gut.« Wieder schütte ich etwas Pulver aus dem Gläschen in meine Hand, streue es auf die Rafflesie, schließe die Augen, halte dabei den Aquamarin in meiner anderen Hand ganz fest und sage: *»Streptophyta Rafflesia Revertere.«*

Ich öffne die Augen wieder. Die Riesenrafflesie ist nicht mehr da. Stattdessen kauert an derselben Stelle … meine Kräuterhexentante Camilla auf dem Boden. Ich kann es nicht fassen. Ich muss mich an dem Tisch neben mir festhalten, so sehr zittern meine Knie.

Camillas Haar ist mit schwarzem Schleim überzogen. Und sie flucht so fürchterlich in einer mir unbekannten Sprache, dass wir alle einen Schritt zurücktreten. Schließlich steht sie langsam auf, reckt sich, streckt sich, immer noch leise fluchend. Als sie uns entdeckt, verstummt sie. Sie sieht uns lange mit ihren dunklen Augen an und für einen Moment bekomme ich richtig Angst vor ihr.

»Wer hat mir das angetan?«, fragt Camilla mit heiserer Stimme.

Ich finde endlich meine Sprache wieder. »Das wissen wir nicht«, sage ich leise. »Aber wir sind froh, dass wir dich wieder zurückhexen konnten.«

Camilla fährt sich mit der Hand durch das Haar. »Was ist das?« Sie schnuppert. »Ich war eine Riesenrafflesie?«

Wir nicken alle drei benommen. Camilla hat wohl tatsächlich nichts mitbekommen. Als sie verhext war, war sie wirklich eine ganz normale Pflanze, ohne Ohren oder andere Sinnesorgane.

»Das wird Konsequenzen haben. Die Hexe, die mich in diese ekelhaft stinkende Urwaldpflanze verwandelt hat, wird das bitter bereuen«, donnert Camilla los. »Ich werde dafür sorgen, dass sie auf immer und ewig in den Sumpf des ewigen Gestanks verbannt wird.«

Sie sieht mir direkt in die Augen. »Und ich kann mir auch schon vorstellen, wer da demnächst sein elendiges Dasein fristen wird. Ich verwette meine weiße Haarsträhne darauf, dass es deine miese kleine Wasserhexe war. Aber diesmal ist sie eindeutig zu weit gegangen. Das hier wird sie bereuen!«

»Ava war es nicht«, sage ich und merke selbst, wie piepsig meine Stimme dabei klingt. »Im Gegenteil, sie hat uns geholfen.«

»Sie war also hier?«, braust Camilla wieder auf. »Wusste ich es doch! Diese elende …«

»Nicht wirklich«, versuche ich zu erklären, aber das interessiert Camilla überhaupt nicht. Sie stürmt wütend an uns vorbei aus dem Gewächshaus.

»Ich werde gleich ohnmächtig«, flüstert Stina neben mir und umklammert meinen Arm.

»Meine Beine sind auch aus Gummi«, sage ich.

Tim ist etwas cooler. »Scheiße«, sagt er. »Das ist wohl nicht so gut gelaufen.«

Wir schauen zur Tür, durch die Camilla gerade verschwunden ist. Auf dem Boden hat sie schwarze Schleimspuren hinterlassen.

Ich wechsle einen Blick mit Stina, dann renne ich meiner Tante hinterher.

20.

Camilla stapft mit großen Schritten auf den See zu.

»Ava!«, brüllt sie, als sie auf den Holzsteg tritt. »Zeig dich!«

Der See bleibt still.

»Ava!!!«, brüllt Camilla ein weiteres Mal. »Zeig dich, damit ich dich in einen stinkenden Titanenwurz verwandeln kann.«

Ich bleibe in einiger Entfernung auf der Wiese stehen. Camilla macht mir gerade echt Angst, sie ist ja völlig außer sich! Da sehe ich, wie sich von der anderen Seeseite her wieder eine Welle auf den Steg zubewegt. Aber diesmal wird sie größer, je näher sie kommt.

»Ach du Scheiße«, sage ich leise.

Doch da ist es auch schon passiert. Die Welle rollt sich vor dem Ufer hoch auf, wird höher und immer höher … und schwappt schließlich über Camilla zusammen. Meine Tante ist platschnass.

Mit angehaltenem Atem beobachte ich, wie Camilla sich schüttelt und Wassertropfen durch die Luft fliegen. Da erst bemerke ich, dass Stina und Tim neben mich getreten sind.

»Oh, oh, das bedeutet Ärger«, sagt Tim.

Ich stehe da wie in Stein gemeißelt, als Camilla wortlos an uns vorbei und zurück zum Haus stürmt. Hat Ava mich etwa doch ausgetrickst?

»Lizzy«, flüstert Stina neben mir. »Alles gut bei dir?«

Ich schüttele den Kopf. »Bleibt kurz hier, ich bin gleich wieder da«, sage ich zu meinen Freunden und laufe hinunter zum See und auf den Steg. Den Aquamarin halte ich noch immer in der Hand. Ich drücke ihn fest und warte, bis sich das Wasser wieder beruhigt hat.

»Warum hast du das gemacht?«, frage ich und muss diesmal nicht lange auf eine Antwort warten.

Mein Spiegelbild verwandelt sich in Avas. Sie sieht mich an und hält sich dabei die Nase zu.

»Du wolltest Camilla von dem Gestank befreien?«, frage ich und sie nickt. »Camilla denkt aber, dass du sie verhext hast, und ist jetzt stinkesauer auf dich.«

Ava zuckt mit den Schultern, dann zeigt sie auf sich und schüttelt den Kopf.

»Ja, ich glaube dir ja. Aber es wird echt schwer, das Camilla beizubringen. Was für ein Schlamassel.« Ich seufze tief auf. »Hoffentlich kann ich das klären.«

Ava nickt ein letztes Mal, winkt mir zu und verschwindet wieder. Sie scheint sich jedenfalls keine Sorgen darum zu machen, dass sie bald in den Sumpf des ewigen Gestanks verbannt wird, oder wie das heißt.

»Sie war es nicht, ganz sicher!«, sage ich zu Tim und Stina. »Kommt, wir müssen Camilla das irgendwie begreiflich machen. Die Hexe mit den schwarzen Haaren könnte ja immer noch in der Nähe sein!«

Gemeinsam rennen wir zum Haus.

»Mir ist schon etwas mulmig zumute«, gibt Stina zu, als wir vor der Tür stehen.

»Möchtest du lieber hoch in den Turm gehen?«, frage ich, doch meine Freundin schüttelt den Kopf.

»Ich lass euch doch jetzt nicht allein.«

Ich greife nach Stinas Hand und sehe aus den Augenwinkeln, dass Tim nach ihrer anderen greift. Hand in Hand betreten wir zu dritt das Haus.

»Camilla?«, rufe ich.

Nasse Fußspuren führen uns bis ins Wohnzimmer. Camilla steht vor der Terrassentür und schaut nach draußen. Als sie uns kommen hört, dreht sie sich um.

»Keine Angst, ich beiße euch nicht.« Sie atmet tief durch. »Ich habe mich schon wieder etwas beruhigt.«

»Das ist gut.« Ich lächle sie schief an. »Wir wollen dir alles erklären. Ava hat dich eben nur mit Wasser übergossen, weil sie dich von dem Gestank befreien wollte.«

»So, meinst du«, sagt Camilla und mustert mich mit ihren dunklen Augen.

»Na ja, vielleicht auch aus Rache, weil du sie so beschimpft hast.« Ich grinse verlegen. »Fest steht auf jeden Fall, dass sie es nicht war. Da bin ich mir ganz sicher. Es war eine Hexe mit langen schwarzen Haaren. Wir haben sie heute hier auf dem Grundstück erwischt. Und in deinem Arbeitszimmer war sie auch. Außerdem habe ich sie auch gestern Nacht gesehen. Oder nein, vielmehr hat Rasty sie gesehen …« Ich halte inne und seufze. »Das klingt ziemlich verrückt, ich weiß …«

Da kommt Tim mir zu Hilfe. »Ich glaube, Lizzy hat die Hexe durch die Augen ihrer Spinne gesehen«, sagt er. »Und Lizzy hat es auch geschafft, dich zurückzuverwandeln.«

»Wir haben es gemeinsam geschafft«, erkläre ich schnell. »Tim hat den richtigen Spruch gefunden. Und Stina hat den Rafflesienschleim im Backofen getrocknet.«

Camillas rechte Augenbraue schnellt nach oben. Sie sieht Stina lange an, dann reibt sie sich die Nase. »Lasst mich bitte mal kurz nachdenken.«

Meine Hand ist mittlerweile ganz schwitzig geworden vor Aufregung. Ich löse sie aus Stinas Griff und wische sie an meiner Hose ab. Niemand von uns sagt ein Wort. Wir warten, bis Camilla endlich langsam den Kopf schüttelt.

»Ihr habt recht. Ava ist ein Heißsporn und manchmal sicher etwas übermütig. Aber solch einen gefährlichen Hexenzauber traue ich ihr tatsächlich nicht zu.

Ich hätte für immer zu Schleim zerfließen können. So etwas hätte Ava nicht riskiert.« Ein winziges Lächeln huscht über Camillas Gesicht. »Das mit der blauen Ampel war ja ganz witzig, das passt zu Ava. Aber gemeingefährlich ist sie nicht.«

»Blaue Ampel?«, fragen Stina und Tim gleichzeitig.

Erleichtert atme ich auf. »Ava hat uns geholfen. Das stimmt wirklich.«

»Das glaube ich dir, Sabeth«, erwidert Camilla. »Allerdings frage ich mich, wer sonst hinter der ganzen Sache stecken könnte, wenn es die Wasserhexe nicht war. Und mir fällt absolut niemand ein. Ich bin mit keiner Hexe so sehr zerstritten, dass sie mir nach dem Leben trachten würde.«

Sie hat mich Sabeth genannt, denke ich und freue mich wie Hulle darüber.

»Wir dachten anfangs, es könnte eine Prüfung für Lizzy sein«, mischt Tim sich wieder ins Gespräch ein.

Doch Camilla schüttelt den Kopf. »Leider nicht, die Sache hat nichts mit der Ausbildung zur Kräuterhexe zu tun. Das hätte ich gewusst.«

»Wenn wir es nicht allein geschafft hätten, hätte ich meine Mutter angerufen«, versichere ich schnell. »Auch wenn ich dadurch die Prüfung nicht bestanden hätte und nie eine Hexe hätte werden dürfen.« Da fällt mir ein, dass ich Ava um Hilfe gebeten habe. Ich beiße mir auf die Unterlippe. Und im nächsten Moment fährt ein Stich durch mein Herz. Den Traum von der Hexe kann ich vergessen.

»Wie kommst du denn darauf?«, fragt Camilla. »Im Notfall ist es absolut gerechtfertigt, Hilfe zu holen.«

»Echt?« Ein zentnerschwerer Stein fällt mir vom Herzen. »Das heißt, ich kann weiter zur Hexe ausgebildet werden?«

»Natürlich«, sagt Camilla.

Ich schiele zu Tim. »Sorry«, nuschelt er. »Ich habe gedacht, das sei verboten.«

»Im Notfall ist es niemals verboten, sich Hilfe zu holen. Merkt euch das für die Zukunft«, betont Camilla noch einmal und sieht mich an. »Was ich nicht verstehe, Sabeth, warum hast du bei Ava nicht gezögert, sie um Hilfe zu bitten?«

»Ich weiß nicht«, sage ich. »Ehrlich gesagt, habe ich mir darüber gar keine Gedanken gemacht. Es hat sich einfach richtig angefühlt.«

»Dann werde ich mich wohl bei deiner Wasserhexenfreundin bedanken müssen«, sagt Camilla. Sie sieht sich um. »Wo ist mein Buch?«

»Mist, das haben wir im Gewächshaus liegen lassen«, sagt Tim. »Ich geh es schnell holen.«

Camilla schüttelt lächelnd den Kopf. »Lass mal, ich mach das schon.« Sie murmelt etwas, das wir nicht verstehen, und hält im nächsten Moment das Buch im Arm.

»Krass!«, entfährt es Stina.

Camilla zieht eine Augenbraue hoch. »Ach, du bist ja auch noch da, Stina«, sagt sie. »Du hast wohl alles mitbekommen?«

Meine Freundin reckt ihr Kinn vor. »Ja, habe ich. Aber du brauchst gar nicht erst mit dem blöden Vergessensspruch anzukommen.« Sie greift in ihre Hosentasche und zieht ein Taschentuch heraus, in das irgendetwas eingewickelt ist. »*Lupuli strobulus*«, sagt sie, »ganz frische Zapfen.«

Camilla schweigt einen Moment, sieht Stina einfach nur an – und dann lacht sie schallend los.

»Ihr bleibt bitte alle drei zusammen im Haus«, sagt sie dann jedoch mit strenger Stimme, als sie sich wieder beruhigt hat. »Ich werde jetzt das Grundstück mit einem Schutzzauber absichern. Noch weiß ich nicht, mit wem wir es zu tun haben. Aber es wird der Person nicht noch einmal gelingen, in mein Revier einzudringen. Ihr wartet so lange hier. Keiner geht aus dem Haus, bis ich wieder zurück bin!«

»Ich habe Gänsehaut«, sage ich, als Camilla zur Tür hinausrauscht.

»Ich auch.« Stina atmet tief durch.

»Was war das denn eben für eine *Lupuli-strobulus*-Aktion?«, frage ich meine Freundin.

Stina grinst über das ganze Gesicht. »Hopfenzapfen. Es gibt zwar keinen Gegenspruch gegen den Vergessenszauber, aber man kann sich davor schützen. Das habe ich vorhin in Camillas Buch nachgelesen, als du unten am See warst.«

»Also doch kein Liebeshexzauber«, rutscht es mir heraus, was mir sofort einen kleinen Tritt gegen mein Schienbein einbringt. »Ein Schutz gegen das Vergessen. Wie genial bist du denn!« Ich falle meiner Freundin um den Hals. »Was würde ich nur ohne dich machen?«

»Heimlich eine Hexe werden, was sonst? Du kannst ja nichts dafür, dass du mir nichts sagen durftest, Sabeth.« Stina grinst. »Cooler Name übrigens. Klingt nach einer gefährlichen Hexe.«

»Finde ich auch.« Es fühlt sich verdammt gut an, dass meine Freundin jetzt alles weiß. Ich drücke ihr einen dicken Kuss auf die Wange. Dabei knurrt mein Magen.

»Habt ihr Hunger?«, fragt Stina.

»Wie ein Wolf«, antwortet Tim.

»Gut, dass du dich nicht in einen verwandeln kannst«, unke ich, »der Fuchs ist mir lieber.«

»Ich koche uns was.« Stina geht uns voraus in die Küche und öffnet den Kühlschrank. Sie wirft einen langen Blick hinein und sagt: »Ich mache uns herzhafte Pfannkuchen. Was haltet ihr davon?«

»Viel«, antworte ich und bin froh, dass es hier gerade um ganz banale Dinge wie Essen geht.

»Okay, dann organisier du mir bitte eine große Schüssel. Und du, Tim, kannst dich um eine Pfanne kümmern. Ich suche schon mal die Zutaten zusammen.«

»Zu Befehl, Chefin«, sage ich.

Stina grinst mich an und fragt: »Sagt mal, gibt es eigentlich auch Küchenhexen?«

»Das war sehr lecker, Stina«, sagt Camilla. »Wenn du magst, zeige ich dir die Tage ein paar Kräuter, von denen du noch nie gehört hast.«

»Oh ja, sehr gerne.« Meine Freundin nickt glücklich.

Camilla atmet tief durch. »Jetzt noch einmal von Anfang an. Bitte denkt genau nach, wenn ihr mir alles erzählt. Für mich ist jedes Detail wichtig. Sabeth, fang du an.« Camilla sieht mich an. »Komisch, wie komme ich auf diese Abkürzung? Gefällt sie dir?«

»Sehr!«, versichere ich schnell, verschweige aber, dass Camilla das ganz sicher gehört hat, als Ava mich so genannt hat.

»Na gut, Sabeth, dann leg mal los ...«

Ich erzähle Camilla alles, was seit heute Nacht passiert ist, ohne etwas auszulassen. Ich berichte ausführlich von meiner kleinen Sinnesreise als Spinne und erkläre Camilla, wie wir nach ihrem Buch gesucht haben – und wie wunderschön meine Hand geleuchtet hat, als ich sie auf die Kamillenblüte gelegt habe.

Hier unterbricht Camilla mich das erste Mal. »Das war deine Mutter«, sagt sie und lächelt sanft. »Sie hat gespürt, dass du Hilfe brauchst, und hat dir ihre Energie geschickt. Genau wie deine Freunde, die die ganze Zeit bei dir waren.«

Ich schlucke, weil ich auf einmal den Tränen nahe bin. Aber nicht, weil ich traurig bin, sondern glücklich darüber, dass ich so viele liebe Menschen um mich habe.

Stina greift prompt nach meiner Hand. »Ich würde mit Lizzy bis in den Sumpf des ewigen Gestanks gehen, wenn es nötig wäre.«

Camilla lacht kurz auf, schüttelt den Kopf und sagt: »Glaub mir, das willst du nicht, Liebes. Da wollt ihr beide nicht hin.«

Stinas Worte haben uns allen gutgetan. Sie haben die ernste Stimmung aufgelockert.

Ich erzähle weiter, wie ich versucht habe, Camilla zurückzuhexen, und dass es nicht geklappt hat, bis Tim auf die Idee mit der getrockneten Rafflesie gekommen ist und wir Angst hatten, ihr könnte danach ein Fuß oder sonst was fehlen. Camilla hört schmunzelnd zu und unterbricht mich nicht mehr.

»Und jetzt sitzen wir hier«, beende ich meinen Bericht.

Camilla schweigt einen Moment. Ich kann ihr ansehen, wie es in ihrem Kopf arbeitet. Ihre Augenbrauen sind zusammengezogen und sie reibt sich an der Nase. »Denk noch mal nach. Jedes Detail kann uns helfen.«

Ich nicke. Da fällt mir tatsächlich etwas ein. »Auf deinem Schreibtisch waren Fingerabdrücke im Staub. Wenn sie nicht von dir waren, müssen sie von der Hexe gewesen sein. Ach, und Ava hat mir die Zahl Dreizehn gezeigt. Aber ich kann damit nichts anfangen.«

Camilla runzelt die Stirn. »Dreizehn?«

Ich nicke.

»Hat dir Ava als Spiegelbild erklärt?« Camilla schüttelt den Kopf. »Ihr habt tatsächlich eine starke Verbindung, ihr beiden. Du hast auch erzählt, dass die Gießkanne nicht leer wurde, als du mich gegossen hast. Und du hast den Aquamarin benutzt, als du den Hexenspruch gesprochen hast, der mich zurückverwandelt hat? Bist du dir da ganz sicher?«

»Ja«, sage ich und Tim und Stina nicken.

»Wer hätte das gedacht.« Camilla schüttelt den Kopf. »Vielleicht steckt ja doch eine feurige Wasserhexe in dir.«

Mein Herz macht einen kleinen Hüpfer vor Freude. Doch dann werde ich nachdenklich. Was ist mit Rasty, wenn ich meine Ausbildung bei Camilla abbreche?

»Eigentlich fände ich es schon ganz cool, wenn ich eine Kräuterhexe werden könnte.« Dass ich das mal sagen würde, hätte ich nie gedacht. Aber es ist wohl so. Ich würde gern Kräuterhexe werden.

Ein Lächeln huscht über Camillas Gesicht. »Das freut mich wirklich sehr, Sabeth, aber ich denke, das liegt nicht mehr in unserer Macht.« Sie sieht zu Stina. »Was ist mit dir? Hättest du Interesse daran, dich zur Hexe ausbilden zu lassen? Wo du doch so darauf erpicht bist, nichts vergessen zu müssen.«

»Wie cool ist das denn?!«, flüstere ich und starre meine Freundin an. »Wir werden beide Kräuterhexen!« Aber Stina sitzt einfach nur da und ist sprachlos. »Sie will!«, sage ich also an ihrer Stelle und stubse sie in die Seite.

Stina räuspert sich. Dann sagt sie: »So was von gerne«, und fällt mir um den Hals.

Camilla wartet, bis wir uns wieder beruhigt haben. »Habe ich vorhin eigentlich wirklich gesagt, ich wette meine weiße Haarsträhne darauf, dass ich recht habe?«

»Jepp!«, antworte ich.

»Ts«, macht Camilla. »So was aber auch.« Sie denkt einen Moment nach. »Abschneiden werde ich sie nicht. Aber ich würde vorschlagen, ihr dürft euch die Farbe aussuchen, in die ich sie verhexe. Damit können wir auch endlich deine erste Hexenlektion verbinden, Sabeth.« Sie schaut Stina an. »Wir können dabei auch prüfen, ob du wirklich das Zeug zur Kräuterhexe hast, einverstanden, Stina?« Dann wendet sie sich wieder an mich. »Und bei dir werden wir herausfinden, ob nicht doch eine Wasserhexe in dir steckt. So leid mir das auch täte, aber du musst deinem Ruf folgen. Und wenn der dich ans Wasser führt, werde ich dich ziehen lassen.«

»Pink würde Camilla gut stehen«, meldet sich Tim da zu Wort, der die letzte Zeit geschwiegen hat.

Ich brauche einen Moment, bis ich verstehe, was er meint. Aber da sagt Stina auch schon: »Wenn ich mir eine Strähne aussuchen müsste, würde ich Grün nehmen.«

»Ich auch«, pflichte ich sofort bei und grinse. »Dann passt die Bezeichnung *Green Witch* noch viel besser.«

»Okay, zweimal grüne Strähnen, einmal pink also.« Camilla klatscht in die Hände.

»Was ist mit dir, Bam?«, wende ich mich an Tim. »Pink würde sich in deinem schwarzen Haar auch gut machen.«

Doch Tim hebt abwehrend beide Hände und schüttelt den Kopf. »Kommt bloß nicht auf doofe Gedanken.«

»Na gut.« Camilla steht auf. »Sabeth, würdest du mir bitte meinen Stein zurückgeben?«

»Ach ja.« Ich ziehe das Lederband über den Kopf und reiche es Camilla.

»Ich werde noch heute einen außerordentlichen Hexenrat einberufen, der um Mitternacht stattfinden wird.«

»Zur Geisterstunde«, flüstert Stina neben mir.

Camilla schüttelt den Kopf. »Zur magischen Hexenstunde, meine Liebe. Um diese Uhrzeit ist auch unsere Energie am größten.«

»Auch?« Stina reißt die Augen auf. »Jetzt sagt mir bitte nicht, dass es Geister gibt!«

Camilla lächelt schelmisch. »Getroffen habe ich noch keinen«, erklärt sie und wird plötzlich ernst. »Und die böse Hexe möchte ich auch nicht gern wiedersehen. Ich werde jetzt den Hexenrat einberufen. Danach würde ich gern eure Hexentalente prüfen.«

»Okay«, sage ich. Und mir ist plötzlich wieder ganz mulmig zumute.

»Gibt es wirklich Geister?«, fragt meine Freundin, nachdem Camilla die Tür hinter sich zugezogen hat. »Und jetzt verscheißert mich bitte nicht. Ich will eine ehrliche Antwort.«

Tim und ich sehen uns an. Und wir fangen beide an zu lachen.

21.

»Hier sind sie also, meine Farbschätze.« Camilla zeigt auf einige Regalböden, die mit Dosen bestückt sind.

Stina und ich stehen davor und können es kaum abwarten, endlich anzufangen. Bis zum Hexenrat um Mitternacht haben wir noch einige Stunden Zeit. Tim hat es sich auf einem Stuhl bequem gemacht und schaut uns zu. Er gähnt die ganze Zeit, weigert sich aber, ins Bett zu gehen. Er will unbedingt mitbekommen, wie wir gleich aussehen.

Camilla nimmt eine Dose aus dem Regal. »Für meine pinke Strähne nehmen wir Magenta. Die Grüntöne findet ihr in der zweiten Reihe. Wenn ihr nicht den richtigen findet, könnt ihr die Pülverchen untereinander mischen, sodass man jede mögliche Farbvariante herstellen kann.« Camilla mustert zuerst Stina. »Dein Haar ist feurig rot und relativ dunkel, du könntest eine Prise Gelb hinzumischen, um ein leuchtendes Grün zu erhalten. Und du, Sabeth, hast helles blondes Haar, vielleicht gibst du eine Prise Tannengrün dazu, um einen tiefen Grünton zu mischen, der sicher einen hübschen Kontrast abgeben würde.«

Wir nicken beide, öffnen gespannt eine Dose nach der anderen und betrachten die leuchtenden Farben darin.

»Malachitgrün gefällt mir.« Stina hält mir das Döschen hin.

»Mir auch.«

»Silber sieht auch irgendwie cool aus«, sagt Stina nach etlichen weiteren Dosen, die sie sich angesehen hat. »Kann ich das auch mit meinem Grünton mischen, damit er etwas glitzert, Camilla?«

»Das ist eine schöne Idee, das sieht bestimmt sehr hübsch aus«, erwidert Camilla schmunzelnd.

»Cool, dann mach ich das so«, beschließt Stina.

Ich hingegen betrachte schon eine Weile ein leuchtend blaues Pulver, das mich an Avas Haarsträhnen erinnert, die mir so gut gefallen haben. Als es in meiner Nase kitzelt, schließe ich die Dose schnell wieder. Nicht, dass ich niesen muss und alles hier im Raum verteile!

»Ich nehme den gleichen Grünton wie du, Stina«, entscheide ich mich ganz spontan. »Gibt es auch einen Goldton, Camilla?«

Sie nickt und reicht mir ein Döschen. »Es ist echtes Gold und sehr wertvoll, du musst es sparsam benutzen.«

»Danke.« Ehrfürchtig nehme ich das Döschen entgegen.

»Das ist eine sehr hübsche Idee, Sabeth. Ihr seid Freundinnen und denkt in vielen Dingen gleich, seid aber dennoch verschieden. Das spiegelt sich auch in eurer Farbauswahl wider.« Camilla zeigt auf einen Tisch, auf dem Schüsseln, Löffel, Pipetten und Handschuhe bereitliegen. »So, dann kommt mal mit. Und passt gut auf!«

Sie zieht sich dünne Einmalhandschuhe an, greift mit den Fingerspitzen in die Magenta-Dose und reibt ihre weiße Haarsträhne mit dem Farbpulver ein. »Normalerweise brauche ich als Althexe meinen Stein dafür nicht zu berühren«, erklärt sie uns. »Ich mache das jetzt nur, damit ihr seht, wie ihr gleich vorgehen müsst.« Sie zieht einen der Handschuhe aus und umfasst mit den Fingern ihren Stein. Mit der anderen Hand hält sie die Pulversträhne etwas vom Kopf weg. »Ihr dürft damit nicht das Gesicht berühren, sonst kann es euch passieren, dass ihr eure Haut mit einfärbt.«

»Dann wären wir grüne Marsmännchen«, scherze ich und Stina kichert neben mir.

»Pigmentum!«, sagt Camilla da. Und wie von Zauberhand erstrahlt ihre Haarsträhne in einem grellen Pink.

»Krasser Shit!«, entfährt es mir.

Camilla lächelt breit. »Jetzt ihr. Wer will zuerst?«

»Hier, ich!«, ruft Stina sofort. »Äh, es sei denn, du willst zuerst, Lizzy.«

»Mach du ruhig«, sage ich.

Stina nickt. Sie hat rote Wangen vor Aufregung, als Camilla ihr das Lederband mit dem Edelstein umhängt.

»Dann pass mal auf, dass du kein Marsmännchen wirst«, feixt Camilla. »Viel Glück.«

Stina macht alles genauso, wie Camilla es uns erklärt hat. Sie mischt etwas Silber in ihr grünes Pulver, reibt es in ihre Haarsträhne, umfasst den Edelstein und sagt: *»Pigmentum!«*

»Voll schön!«, rufe ich laut. Die Haarsträhne meiner Freundin leuchtet in einem tollen Grünton, in dem klitzekleine Silberpünktchen funkeln. Und im nächsten Moment weiß ich, was das bedeutet. »Du hast gerade gehext«, flüstere ich ergriffen. Und schaue zu Camilla.

»Ja, das hast du, Stina.« Camilla hält meiner Freundin einen kleinen Spiegel hin. »Schau selbst.«

»Wow! Das ist ja wirklich mega.« Stina starrt mich an. »Heißt das ....«

»Ja, du hast eine Hexenbegabung, Stina«, erklärt Camilla. »Ich werde heute Nacht vor dem Hexenrat deine Ausbildung beantragen.«

Wir fallen uns jubelnd um den Hals.

»Jetzt bist du dran. Es ist ganz einfach«, sagt Stina, als wir uns wieder beruhigt haben.

Ich strecke meine Hand aus. »Gibst du mir den Stein?«

Doch Camilla schüttelt den Kopf. »Versuch es erst mal mit dem Aquamarin, Sabeth. Ich hab da so eine Ahnung …«

»Okay.« Ich hole ihn aus meiner Hosentasche. Nur ein paar Minuten später habe ich alles vorbereitet, halte meine Strähne hoch und sage: *»Pigmentum!«*

»Das war wohl der falsche Stein«, stellt Stina fest. »Es ist nichts passiert.«

»Gut!«, sage ich. »Dann werde ich also doch Kräuterhexe, oder?« Ich werfe Camilla einen Blick zu, die zuckt jedoch nur lächelnd die Schultern. Ich lege den Aquamarin auf den Tisch und lasse mir von Stina das Lederband umhängen. »Auf ein Neues!« Ich atme tief durch. *»Pigmentum!«*

Ich sehe erwartungsvoll von Camilla zu Stina, doch beide schütteln den Kopf.

»Hat nicht geklappt«, lässt nun auch Tim vom Stapel. »Bist immer noch komplett blond.«

»Habe ich was falsch gemacht, Camilla?«, frage ich.

»Nein, Sabeth, hast du nicht – ich habe dich genau beobachtet. Merkwürdig …«

»Vielleicht hat Stina meinen Platz eingenommen?«, überlege ich zaghaft, doch Camilla schüttelt den Kopf.

»Nein, das ist nicht möglich. Es fließt Hexenblut in dir. Und außerdem hast du mich ja auch erfolgreich enthext.« Sie runzelt die Stirn. »Ich kann mir das wirklich nicht erklären …«

Da sagt Tim: »Als Lizzy dich zurückgehext hat, hat sie dein Lederband um den Hals getragen, Camilla, und den Aquamarin hat sie in der Hand gehabt.«

Camillas Augenbrauen schnellen nach oben. »Das ist doch unmöglich.«

»War aber so«, sagt Stina. »Ich habe es auch gesehen.«

Camilla schaut mich aufmerksam an. »Also gut, dann mach noch einen Versuch, diesmal mit beiden Steinen – so, wie du es bei mir gemacht hast. Obwohl ich nicht glaube, dass es funktioniert.«

Ich nehme meinen Aquamarin wieder in die Hand, lasse dabei Camillas Lederband mit ihrem Edelstein um und sage noch einmal: *»Pigmentum!«*

Dabei bin ich so aufgeregt, dass ich vergesse, meine Strähne mit dem Pulver vor meinem Gesicht in die Höhe zu heben.

»Ach du Scheiße!«, ruft Stina.

»Was ist?« Sofort fällt mir ein, was ich falsch gemacht habe. Ich taste nach meiner Strähne, die quer über meinem Kopf liegt. »Bin ich jetzt etwa grün im Gesicht?«, frage ich ängstlich.

Camilla schüttelt den Kopf und reicht mir den Spiegel. Dass sie dabei lächelt, beruhigt mich ungemein. So schlimm kann es also gar nicht sein.

»Wow! Wie cool ist das denn!« Die Farbe hat nicht nur die Strähne, sie hat mein komplettes Haar gefärbt – und zwar in einem leuchtenden Türkiston. »Hat sich das Grün mit dem Gold in Türkis vermischt, Camilla?«, frage ich.

»Nein, Sabeth, sicher nicht. Grün und Gold ergeben kein Türkis, das funktioniert ähnlich wie im Wasserfarbkasten. In deiner Farbe steckt ganz klar Blau mit drin. Anscheinend hast du die Farbe selbst bestimmt. Ich vermute, sie schlummerte tief in deinem Herzen, und nun ist sie zum Vorschein gekommen«, erklärt Camilla.

»Heißt das, ich werde jetzt doch zur Wasserhexe ausgebildet?«

»Wenn ich das nur wüsste. Wasserhexen benutzen zum Hexen eigentlich keine Kräuter. Die haben andere Methoden, so wie jede Hexenart.« Camilla kommt etwas näher an mich heran und betrachtet meine neue Haarfarbe eingehend. »Du hast dich weder für das Blau der Wasserhexen noch für das Grün der Kräuterhexen entschieden. Beide Farben haben sich vermischt und Türkis ergeben.« Sie schüttelt den Kopf. »Das große Buch hat es von Anfang an vorausgesagt, aber ich wollte es nicht glauben. Ich würde sagen, du trägst eindeutig beide Anlagen in dir, Elisabeth Aurora Vermeer.«

»Echt?«

»Ja, und weißt du, was? Das gab es noch nie.« Camilla zieht eine Augenbraue hoch. »Alle Hexen haben eine klare Bestimmung – eine! Ich freue mich schon auf die Gesichter, wenn ich das gleich dem Hexenrat kundtue.«

»Wo triffst du dich mit den anderen Hexen?«, frage ich. Ganz wohl ist mir bei dem Gedanken nicht, dass Camilla uns hier allein lassen will. Immerhin läuft noch eine fiese Hexe irgendwo rum.

»Der Hexenrat wird hier stattfinden, am Ort des Geschehens«, erklärt Camilla. »Und deine Mutter und deine Tanten aus der Hexenrunde werden auch dabei sein.«

»Das ist gut!«, sage ich. Da kann uns gar nichts mehr passieren.

»Die anderen Hexen kommen hierher?«, flüstert Stina mit heiserer Stimme. »Ach du Scheiße! Und wenn die dagegen sind, dass ich auch hier bin? Werden die nicht sauer, weil ich jetzt alles weiß?«

»Die sind alle total nett«, beruhige ich meine Freundin. »Mama, Oma und Fiona kennst du doch schon. Und die anderen sind auch voll in Ordnung.«

»Wenn du das sagst.« Stina seufzt auf. »Hexen!« Sie ist ganz blass um die Nase.

»Dann lernst du auch Ava kennen«, sage ich. Da merke ich, wie der Stein, den ich immer noch in der Hand halte, plötzlich warm wird. Ich öffne meine Hand und schaue gebannt auf den Aquamarin, auf dem nun viele kleine grüne und blaue Farbtupfer erscheinen. Teilweise verlaufen sie ineinander, sodass sie sich an manchen Stellen zu Türkis vermischen, an manchen blau bleiben und an anderen grün. »Er hat seine Farbe verändert.« Ich halte ihn hoch. Mein Bauch grummelt mal wieder. Das war eindeutig zu viel Aufregung in der letzten Zeit. »Was bedeutet das für mich? Muss ich mich für eine Sache entscheiden?«

»Ich glaube nicht, dass du dir das selbst aussuchen kannst, Sabeth«, sagt Camilla. »Wenn du dich für das eine entscheidest, wird dir das andere immer fehlen.« Sie lächelt mich an. »Lass uns abwarten, was der Hexenrat dazu sagen wird. Aber ich habe schon so eine Idee ...«

Da merke ich plötzlich, dass etwas an meinem Hals entlang runter bis zu meiner Schulter klettert.

»Vielleicht solltest du das nächste Mal deine Spinne vom Haar nehmen, wenn du wieder mit Farbe experimentierst, Sabeth«, sagt Camilla schmunzelnd.

Ich schaue auf meine Schulter, auf der nun Rasty sitzt. Sie ist ... ich schnappe nach Luft: Sie ist türkis! Und in ihren Haaren glitzern kleine goldene Pünktchen, genau wie bei mir.

»Steht ihr«, stellt Stina fest.

Doch Camilla schüttelt den Kopf. »Eine Vogelspinne als Haustier ist schon sehr ungewöhnlich für ein Mädchen. Eine türkisfarbene jedoch würde wirklich Aufsehen erregen. Ich schätze, du musst sie enthexen.«

»Mit *Revertere*?«, frage ich.

»Ja, und du musst ihren Namen davor sagen, sonst entfärbst du dich selbst gleich mit.«

»Und welches Pulver soll ich dafür nehmen?«

»Du trägst offenbar die Anlagen einer Wasserhexe und einer Kräuterhexe in dir, Sabeth, du bist sehr stark. Ich vermute mal, du brauchst keine Extrapülverchen mehr und auch meinen Stein nicht. Versuch es ohne.«

Ich nicke und konzentriere mich. *»Rasty Pigmentum Revertere«*, sage ich laut und deutlich und drücke dabei meinen nun dreifarbigen Edelstein ganz fest in meiner Hand.

»Gut gemacht«, sagt Tim. »Deine Monsterspinne ist wieder rot.«

»Ja, sehr gut!«, sagt auch Camilla. »Du bist eine ganz besondere Hexe, Elisabeth Aurora Vermeer! Mit einem einzigartigen Stein.«

Ich merke, dass ich vor Stolz rot werde wie eine Tomate. Aber das ist mir egal. Ich bin eine ganz besondere Hexe. Was Cooleres gibt es wohl kaum!

Es ist schon halb elf und ungewöhnlich dunkel, als wir endlich aus dem Gewächshaus treten. Kein einziger Stern steht am Himmel. Und der Mond wird von großen dunklen Wolken verdeckt.

Camillas Blick wandert zum Himmel. »Da braut sich

was zusammen«, sagt sie, und ich bin mir nicht sicher, ob sie damit das Wetter meint. »Tim, du gehst mit den Mädchen zum Turm. Holt das, was ihr für die Nacht braucht, ihr schlaft heute auf jeden Fall im Haus. Ich muss noch mal in die geheime Pflanzenabteilung.«

»Natürlich«, sagt Tim sofort.

»Jetzt ist mir aber mulmig zumute«, sagt Stina leise neben mir. »Was, wenn Camilla wieder verhext wird?« Sie sieht sich um. »Oder wir!«

»Camilla weiß jetzt, dass sie aufpassen muss. Noch einmal wird sie sich nicht verhexen lassen«, erklärt Tim. »Und ich passe auf euch auf.«

Als ob das was bringen würde, denke ich, wenn hier wirklich die fiese Hexe rumschleicht. Aber das behalte ich für mich und lasse Tim das Gefühl, der Beschützer zu sein. So ganz wohl ist mir bei der Sache allerdings wirklich nicht, als wir rüber zum Turm gehen. Und auch Stina scheint nicht überzeugt von Tims Beschützerqualitäten zu sein. Sie hakt sich fest bei mir unter und schaut sich die ganze Zeit um.

Aber wir kommen heil am Turm an. Tim, ganz der Gentleman, geht sogar mit uns rauf ins Turmzimmer und hilft uns, die Sachen über den beleuchteten Weg rüber zum Haus zu tragen. Vor der Eingangstür bleiben wir verdutzt stehen. Camilla hat verschiedene Zeichen auf das grün lackierte Holz gemalt und ein Bündel mit mehreren Kräutern an den Türknauf gehängt.

»Der Schutzzauber«, sagt Tim. »Er hält Eindringlinge mit bösen Absichten fern und lässt nur die Guten rein. Den habe ich bei meiner Oma auch schon mal gesehen.«

Genau in dem Augenblick zuckt ein heller Blitz über den Himmel, kurz darauf donnert es laut.

Keine drei Sekunden später stehen wir im Hausflur und ziehen die Tür hinter uns zu. Mein Herz klopft laut. Und Stina scheint es nicht besser zu gehen.

»Normalerweise habe ich ja keinen Schiss vor Gewitter. Aber das hat verdammt laut geknallt gerade«, erklärt sie.

»Ich hab mich auch voll erschreckt.«

»Erschreckt? Ich bin fast gestorben vor Angst.« Sie schüttelt sich. »Das ist gerade wie in einem Gruselfilm. Nur dass wir nicht im Kino sitzen, sondern die Hauptrollen spielen.«

Da streckt Camilla ihren Kopf durch die Tür. »Das Gewitter ist gleich wieder vorbei, das ist nur Maella, die ihre Teilnahme am Hexenrat ankündigt.« Sie rollt mit den Augen. »Dass Wetterhexen aber auch immer gleich so dramatisch sein müssen! Ein kleiner Donner hätte wohl auch gereicht.«

22.

Ich fliege in die Arme meiner Mutter und danach in die meiner Tante. Die beiden sind zuerst eingetroffen. »Mensch, gut, dass ihr da seid. Hier war ganz schön was los!«

Meine Mutter wuschelt mir durchs Haar. »Das sieht man, was hier los war – türkise Haare. Steht dir aber!« Und auch Tante Fiona nickt anerkennend.

Meine Freundin kommt grinsend auf uns zu. »Haben wir heute Abend gehext – war Lizzys erste Lektion!«

Tante Fiona und meiner Mutter klappt gleichzeitig die Kinnlade runter.

»Deine Freundin weiß es?«, japst Tante Fiona.

»Wenn alles gut geht, bildet Camilla Stina sogar zur Kräuterhexe aus. Und ich werde stattdessen vielleicht doch eine Wasserhexe. Aber fest steht es noch nicht«, erkläre ich. »Stellt euch vor, Stina hat still und heimlich in Camillas Buch geblättert und rausgefunden, wie sie sich gegen den Vergessensspruch schützen kann! Sie hat sich Hopfenzapfen in die Tasche gesteckt und sie Camilla gezeigt, bevor die überhaupt versuchen konnte, den Spruch bei ihr anzuwenden.«

Stina guckt stolz in die Runde, aber Fiona fängt laut an zu lachen und meine Mutter stimmt ein.

»Ach, Stina, das war total schlau von dir«, sagt Fiona und kichert. »Aber leider ist es so, dass die Zapfen nur bei Hexen wirken! Normale Menschen können sich nicht gegen den Vergessensspruch schützen. Ich hätte zu gerne Camillas Gesicht gesehen, als du die Zapfen rausgeholt hast.«

»Camilla hat genauso laut gelacht wie ihr eben.« Jetzt muss ich auch grinsen.

Nur Stina schmollt. »Aber Camilla möchte mich trotzdem ausbilden.«

Meine Mutter atmet erleichtert auf.

»Also darum geht es heute Nacht«, sagt sie. »Schön, euch so gut gelaunt zu sehen. Hier scheint ja doch alles einigermaßen in Ordnung zu sein. Ich dachte schon, es sei etwas Schlimmes passiert. Gestern hatte ich den ganzen Tag so ein komisches Gefühl und habe sehr oft an dich gedacht, Lizzy. Als ich vorhin Camillas Botschaft über die Einberufung des Hexenrats bekam, ist mir ganz schön flau im Magen geworden. Erst recht, als ich eben den Schutzspruch an der Tür entdeckt habe!«

»Na ja, es geht schon noch um etwas mehr«, erkläre ich. »Camilla wurde nämlich heute Morgen in eine stinkende Riesenrafflesie verhext. Und die lösen sich innerhalb von drei Tagen in Modderschleim auf.«

Meine Mutter und meine Tante schnappen nach Luft. »Wie bitte? Wie geht es ihr? Wo ist sie?«

»Sie ist nach oben in ihr Arbeitszimmer gegangen«, sage ich. »Weil die fiese Hexe dort nach ihrem Buch gesucht hat.«

Meine Mutter wird ganz blass um die Nase. Aber ich komme nicht mehr dazu, weiter zu erklären. Denn plötzlich erscheint Oma in der Tür.

»Oma!« Ich umarme sie.

»Schicke Haarfarbe«, flüstert sie mir ins Ohr. Dann gehen wir alle gemeinsam ins Wohnzimmer. Dort hext Tante Fiona den Tisch zur Seite und die Stühle für die Hexen lässt sie einen Kreis anordnen.

»Fünfundzwanzig Stühle. Das wird aber eine große Runde«, stellt sie fest.

»Sieben für den Hexenrat, dreizehn für die Hexenrunde. Drei für uns Kinder, zwei für Mama und dich, macht fünfundzwanzig«, rechne ich vor.

»Drei Kinder?« Meine Mutter sieht sich um.

»Tim ist im Keller, kommt aber gleich hoch. Er ist Gestaltwandler«, erklärt Stina und bekommt rosige Wangen. »Er hat uns geholfen, Camilla zu retten. Die hat nämlich schon angefangen, sich zu zersetzen.«

»Unfassbar! Wer hat sich erdreistet, Camilla das anzutun?«, fragt meine Mutter.

»Das wissen wir noch nicht, irgendeine fiese Hexe mit schwarzen Haaren«, erkläre ich.

Meine Mutter wird ganz blass um die Nase. »Was? Wie …«

Aber ich komme nicht mehr dazu, ihr mehr zu erzählen, denn es geht plötzlich Schlag auf Schlag. Eine Hexe nach der anderen trifft ein.

Es ist genau zwei vor zwölf, gleich Mitternacht. Fast alle sind inzwischen angekommen. Nur zwei Hexen fehlen noch. Eine davon ist natürlich Ava, die kam beim letzten Mal ja auch zu spät. Unruhig rutsche ich auf meinem Platz zwischen Stina und Tim hin und her. Die Sieben des Hexenrates sitzen uns gegenüber. Ich bin immer davon ausgegangen, dass die Mitglieder alle steinalt sind, aber Camilla hat mir erklärt, dass es seit einigen Jahren auch jüngere Hexen im Rat gibt, die etwas moderner sind, und dass die älteste Hexe achtundneunzig und die jüngste neunundzwanzig ist. Daneben sitzen meine Tanten. Und wiederum genau in die Mitte von ihnen hat sich Camilla gesetzt. Zwei Plätze sind jedoch noch frei, der für Ava und der für eine der Hexentanten. Aber mir fällt im Moment nicht ein, wer. In Gedanken gehe ich noch mal die Runde an meinem Geburtstag durch. Und dann weiß ich es. Santana, die elegante Hexe mit den schönen großen Augen, fehlt auch noch. Sie hat bei der Abstimmung für Ava gestimmt. Ob die beiden vielleicht Freundinnen sind?, überlege ich. Da schlägt die Uhr zur vollen Stunde. Es ist zwölf, und obwohl Ava und Santana fehlen, steht die Älteste des Hexenrats auf und sagt: »Liebe Hexen und Nicht-Hexen, wir haben uns heute hier zusammengefunden, da Camilla uns gerufen hat.« Sie schaut sie an. »Bitte trage kurz vor, was dein Anliegen ist.«

Camilla steht auf. »Meine lieben Hexenschwestern, ich habe euch heute aus mehreren Gründen zusammengerufen. Mit dem Wichtigsten möchte ich beginnen: Ich beantrage Hilfe bei der Aufklärung eines Hexenverstoßes des höchsten Grades. Eine Hexe hat mich gestern Morgen in eine Riesenrafflesie verhext und damit leichtsinnig mein Leben aufs Spiel gesetzt. Zudem hat sie versucht, mein Buch zu entwenden, was ihr aber glücklicherweise nicht gelungen ist. Ich beantrage gleichzeitig, dass dieser Hexe nach sorgfältiger Prüfung jegliche Hexenmacht entzogen wird.« Camilla schweigt einen Moment, dann fügt sie hinzu: »Ach was, ich beantrage, dass die Abtrünnige sofort in den Sumpf des ewigen Gestanks verfrachtet wird!« Was dazu führt, dass einige der anwesenden Hexen kichern – und ich auch.

Da blubbert plötzlich das Wasser in den Gläsern.

Camilla runzelt die Stirn. »Die Wasserhexe ist da«, sagt sie.

Kurz darauf stürmt Ava ins Wohnzimmer. Ihr Haar ist zerzaust, ihre Augen funkeln.

»Es war Santana!« Sie schnauft, weil sie völlig aus der Puste ist. »Sie hat Camilla in eine stinkende Pflanze verwandelt!«

Ein Raunen geht durch die Runde.

Und ich habe eben noch gedacht, die beiden wären Freundinnen. »Krass!«, entfährt es mir. »Das könnte passen. Sie hat schwarze Haare.«

Ava nickt. »Sie ist tierisch angepisst gewesen, weil Camilla zur Ausbilderin gewählt wurde.« Ava sieht nun direkt zu Camilla. »Santana ist die einzige Hexe, die bei Sabeths Wahl der Ausbilderin gegen dich gestimmt hat und für mich war. Das kam mir gleich so merkwürdig vor. Und als Sabeth mir erzählt hat, dass du in eine Rafflesie verwandelt wurdest, wusste ich, dass es eine Kräuterhexe gewesen sein muss. Wer sonst würde sich so etwas einfallen lassen? Ich hätte dich wahrscheinlich in eine wabbelnde Qualle verwandelt.«

»Santana?«, fragt Camilla und schüttelt den Kopf. »Das kann ich nicht glauben! Ich bin davon ausgegangen, dass es eine Hexe sein muss, die keine Kräuterhexe ist. Was sollte sie sonst mit meinem Buch anfangen? Sie hat ihr eigenes …«

»Um deine Macht zu schwächen«, kontert Ava. Sie sieht sich um. »Santana ist nicht hier. Was meint ihr, warum das so ist?«

Alle Hexen schweigen. Einige schütteln ungläubig ihre Köpfe. Niemand kann so richtig glauben, dass eine meiner Hexentanten die Böse sein soll.

»Wusstet ihr, dass Santana eine direkte Nachfahrin von Gundula ist?«, fragt Ava.

Wieder geht ein Raunen durch die Runde.

»Ich verstehe nur Bahnhof«, flüstert Stina.

»Erklär ich dir später«, antworte ich leise.

»Was willst du uns damit sagen, Ava?«, fragt nun die Älteste

»Ursula ist damals verbannt worden, weil Gundula behauptet hat, Ursula habe ihr Buch gestohlen. Das Buch ist jedoch nie bei Ursula gefunden geworden. Ich vermute, dass es sich damals um eine Intrige Gundulas handelte, weil sie neidisch auf Ursula war.« Ava hält ein dünnes Buch hoch. »Ich habe Ursulas persönliche Aufzeichnungen gefunden, ihr Tagebuch. Darin beschreibt sie, wie sehr sie hin- und hergerissen ist – weil sie beide Anlagen in sich trägt, die einer Wasserhexe, aber auch die einer Kräuterhexe. Sie war dadurch sehr mächtig. Und ich denke, dass Gundula schlicht und ergreifend neidisch war.«

»Zwei Anlagen? Das ist unmöglich!«, ruft die Älteste. »Ava, jetzt reicht es aber.«

Auch die anderen Hexen glauben Ava nicht. Sie plappern alle aufgeregt durcheinander.

Nur Camilla sagt nichts. Sie sieht zu mir und lächelt

mich an. Schließlich steht sie auf und sagt laut: »Elisabeth Aurora Vermeer ist seit Jahrzehnten die erste weibliche Nachfahrin Ursulas. Und auch sie trägt beide Anlagen in sich.«

Alle Hexen hören sofort auf zu plappern und starren mich an. Dass nun die ganze Aufmerksamkeit auf mich gerichtet ist, gefällt mir gar nicht. Ich lächle verlegen.

»Sei so lieb und zeig den Hexen deinen Stein, Sabeth«, sagt Camilla.

Ich überlege kurz, ob ich den Stein einfach rumreiche, beschließe aber, ihn lieber nicht aus der Hand zu geben. Nicht, dass noch eine neidische Hexe hier ist. Ich gehe also von Hexe zu Hexe und lasse sie einen Blick auf meinen Stein werfen – was zur Folge hat, dass alle Hexen wieder durcheinanderreden.

Als alle wieder still sind, ergreift die Jüngste des Hexenrates das Wort. »Dann erzähl doch mal, Sabeth. Was ist denn gestern hier genau passiert?«

»Es fing alles damit an …«, beginne ich und berichte noch einmal, was sich gestern zugetragen hat.

Ab und an unterbricht mich eine Hexe des Rats oder sie stellen auch Stina und Tim eine Frage. Meine Hexentanten hören schweigend zu und auch Camilla ist still.

Am Ende hebe ich meinen Stein hoch, sodass ihn alle noch einmal sehen können. »Das ist der Stein, den Ava mir an meinem zwölften Geburtstag geschenkt hat. Er ist jetzt blau, grün und ein bisschen türkis.« Ich grinse schief. »Wie meine Haare.«

Wieder einmal sind alle Hexen still und starren mich an. Da sagt meine Mutter: »Ich bin so unheimlich stolz auf dich, Lizzy. Und auf euch auch, Stina und Tim.«

»Ja, gut gemacht, Sabeth!«, ruft Ava.

»Ja, super gemacht! Klasse …«, ertönt es von allen Seiten.

Ich stehe da, stolz wie Oskar, sehe zu Stina und Tim und sage: »Ohne meine Freunde hätte ich das nicht geschafft.«

»Aber Beweise hast du nicht, Ava. Es sind nur Vermutungen«, sagt die Älteste, als alle sich wieder beruhigt haben. »Die Anklage, die du gegen Santana vorbringst, ist sehr ernst. Ich verstehe immer noch nicht so ganz, warum sie Camilla verhext haben soll.«

»Sie war die zweite Kräuterhexe, die bei Sabeths Hexenrunde anwesend war. Und im Fall von Camillas Dahinscheiden hätte sie Sabeths Ausbildung übernommen. Ich vermute, dass sie dadurch die Kontrolle über Sabeth gewinnen wollte. Sie wusste, dass sie mächtig werden könnte, so wie Ursula es gewesen ist.«

»Auch das sind nur Vermutungen. Was mir fehlt, ist ein Beweis.«

»Auf meinem Schreibtisch sind Fingerabdrücke«, sagt Camilla. »Sie müssen von einer Hexe sein, denn sie waren mit einem Verschleierungsspruch belegt. Ich habe vorhin versucht, ihn zu brechen, aber es ist mir allein nicht gelungen. Gemeinsam jedoch dürften wir das schaffen.«

Die Älteste nickt – und sieht in die Runde. »Was ist, Hexenschwestern? Seid ihr dabei?«

Sofort springen alle auf.

»Wir müssen nach oben, auf den Dachboden«, sagt Camilla.

Im Gänsemarsch gehen meine Tanten durch den Flur und – mir bleibt die Spucke weg! – die Treppe hinauf. Keine Stufe knackt oder knarrt dabei.

»Von wegen Holzwurm«, flüstert Stina neben mir. »Das war also doch nur vorgetäuscht.«

»Sollen wir fragen, ob wir mit raufdürfen?«, frage ich.

Aber da ruft Camilla auch schon: »Was ist? Wo bleibt ihr drei? Kommt!«

23.

Der Dachboden ist recht geräumig, aber für fünfundzwanzig Personen wird es doch etwas eng.

»Dann wollen wir mal«, sagt Camilla. »Fasst euch an den Händen.«

Ich greife nach Stinas Hand und mit der anderen nach der meiner Mutter. Aber die lächelt und sagt leise: »Das gilt leider nur für schon ausgebildete Hexen. Ihr seid am besten mucksmäuschenstill und seht einfach nur zu.«

Ich nicke und lasse die Hand meiner Mutter los, die von Stina aber nicht. Und die hält eisern Tims Hand fest.

So stehen wir da und halten alle drei den Atem an, als die Hexen einen Kreis um den Sekretär bilden.

»Visibilis«, ruft die Älteste und Gänsepelle kriecht an meinen Armen entlang.

»Visibilis«, rufen alle Hexen gemeinsam. *»Visibilis, Visibilis.«*

Ich stelle mich auf die Zehenspitzen, um besser sehen zu können. Und meine Gänsepelle wird noch stärker, als die Älteste plötzlich anfängt, in einem tiefen Ton zu summen, in den alle Hexen mit einstimmen.

Plötzlich verstärkt Stinas Händedruck sich. Ich mache einen langen Hals und ich vergesse fast zu atmen vor Aufregung. An einem der Abdrücke im Staub wächst ein Finger hervor und daraus eine Hand aus weißem Licht.

»Visibilis!«, donnert die Älteste plötzlich laut los. Das Licht nimmt Farbe an und sieht jetzt wirklich aus wie eine Hand. Und die Hand bekommt einen Arm, einen Körper – und schließlich auch ein Gesicht. Es ist die Hexe mit den langen schwarzen Haaren! Santana!

Sie sitzt am Schreibtisch und inspiziert ihn. Doch plötzlich hält sie inne und lauscht. Kurz darauf springt sie auf, öffnet das Fenster und wie von Zauberhand erscheint eine Liane, an der sich hinausschwingt.

Ich höre, wie Stina neben mir laut ausatmet. Auch sie hat die Luft angehalten. Mein Herz klopft gegen meine Brust. Es kommt mir so vor, als wäre Santana gerade wirklich hier gewesen.

Nur wenige Sekunden später ist der Spuk vorbei. Die Hexen sprechen wieder alle durcheinander.

»Krasser Shit«, sagt Tim.

Die Älteste klatscht in die Hände. Alle Hexen sehen sie an.

»Beruhigt euch!«, sagt sie. »Wir werden Santana vor

den Hexenrat befehlen und dort die Verhandlung nach Hexenrichtlinien führen.«

»Als würde sie dort freiwillig erscheinen«, sagt Ava. »Die ist doch längst über alle Berge.«

»Dort werden die Berghexen schon auf sie warten.« Die Älteste grinst breit, und ich entdecke erstaunt, dass sie ebenfalls ein kleines glitzerndes Steinchen auf einem ihrer Vorderzähne hat. Ihr Haar ist zwar schlohweiß, aber ich bin mir sicher, dass sie auch eine Wasserhexe ist.

»Berghexen gibt es auch?«, fragt Stina leise.

»Nein, das war ein Scherz«, erkläre ich. »In den Bergen gibt es Hexen wie überall: Lichthexen, Erdhexen, Kräuterhexen, Wetterhexen, Schattenhexen und in großen Flüssen und am Meer auch die Wasserhexen.«

»An großen Flüssen und am Meer?«, fragt Stina. »Bedeutet das, dass du irgendwann wegziehst?«

Ich schaue meine Freundin mit großen Augen an. Daran habe ich noch überhaupt nicht gedacht. »Nur, wenn du dann mitkommst.«

»Würde ich glatt machen«, sagt Stina – und strahlt mich an.

»Lasst uns gleich in Ruhe die Einzelheiten besprechen«, sagt die Älteste. »Ich würde vorschlagen, wir begeben uns wieder nach unten.«

»Sie gehört auf jeden Fall in den Sumpf des ewigen Gestanks«, höre ich Camilla zischen.

»Und zwar für immer«, pflichtet Ava ihr bei.

Ich muss grinsen, als ich ausgerechnet die zwei zusammen entdecke. Und ich hoffe von ganzem Herzen, dass mich beide ausbilden dürfen.

»Ava ist so was von cool«, sagt Stina prompt zu mir. »Ich drück dir die Daumen, dass du auch zu ihr darfst.«

Wir gehen nacheinander die Treppe nach unten. Die letzte Stufe hüpfe ich – und stehe vor Ava.

»Wir haben uns noch gar nicht richtig begrüßt, Sabeth.« Sie breitet ihre Arme aus und ich stürze mich voller Freude hinein.

»Meinst du, die Hexen erlauben mir, auch zu dir in die Ausbildung zu kommen?«, frage ich.

»Es wird Zeit, dass wir die alten verstaubten Regeln ein bisschen auflockern«, sagt Ava. »Aber ich glaube, wir haben da gute Chancen. Denn wir haben jetzt Camilla auf unserer Seite.«

»Elisabeth, Stina und Tim, seid so lieb und geht kurz raus, damit wir über das weitere Vorgehen bestimmen können«, sagt die Älteste, bevor wir uns setzen können. »Wir rufen euch dann gleich wieder rein.«

Natürlich wäre es mir lieber, wenn ich jetzt hierbleiben könnte, aber ich weiß, dass es überhaupt keinen Sinn hat, darum zu bitten.

Kurz darauf stehen wir draußen vor der Tür.

»Erzähl!«, sagt Stina. »Wer ist Ursula? Ich hab nichts von dem verstanden, was Ava da vorhin erklärt hat.«

»Die mächtige Wasserhexe Ursula Vermeer war eine Ururgroßmutter von mir, väterlicherseits. Sie ist vor Ewigkeiten verflucht worden, weil sie einer Kräuterhexe das Buch geklaut haben soll. Angeblich wollte sie ihre Macht dadurch stärken. Wegen des Fluchs sind nie wieder weibliche Nachfahren in diesem Familienzweig auf die Welt gekommen, es gab also keine Vermeer-Hexen mehr. Na ja, und dann kam ich. Wir wussten bisher gar nicht, dass mein Vater auch Hexenvorfahren hat. Das haben wir erst erfahren, als Ava zu meinem Geburtstag plötzlich aufgetaucht ist. Und die hat jetzt rausgefunden, dass Ursula gar kein Hexenverbrechen begangen hat, sondern einfach, wie ich, beide Anlagen in sich trug. Gundula ist damals neidisch geworden und schon war die Kacke am dampfen.«

»Okay, und was hat das mit dir zu tun?«, fragt Stina.

»Santana ist wahrscheinlich genauso neidisch wie Gundula. Sie wollte mich unbedingt ausbilden. Ich hoffe, sie erwischen sie bald und verfrachten sie wirklich in den Sumpf des ewigen Gestanks.«

»Zickenkrieg«, sagt Tim.

»He!« Ich stubse ihn in die Seite. »Darum geht es hier gar nicht.«

»Sondern?«, fragt Tim.

»Darum, dass damals jemand anders war als die anderen Hexen. Und das hat keiner verstanden«, erklärt

Stina. Sie sieht mich an. »Zum Glück ist das heute nicht mehr so. Lizzy trägt auch beide Anlagen in sich – und Camilla hat das eingesehen. Bestimmt werden die anderen das auch verstehen.«

»Das hoffe ich doch!«, sagt Tim.

Und da geht die Tür auch schon wieder auf.

»Rein mit euch«, sagt Camilla.

»Sind die Entscheidungen denn schon gefallen?«, frage ich.

Camilla nickt, setzt aber ein Pokerface auf.

Als wir ins Wohnzimmer kommen, steht auf Camillas Platz jetzt ein Karton, der mit grünem Geschenkpapier und einer pinken Schleife aufgehübscht ist.

Ob das wohl Stinas Ausbildungsgeschenk ist?, denke ich, und mein Herz fängt an, schneller zu klopfen. Doch ich komme nicht dazu, mir weiter Gedanken darüber zu machen, denn die Älteste des Hexenrats fackelt nicht lang.

»Elisabeth Aurora Vermeer, der Hexenrat hat heute bestimmt, dass du als außergewöhnliche Besonderheit unter den Hexen beide Ausbildungen durchlaufen sollst. Zuerst wirst du die der Kräuterhexe abschließen. Danach wirst du zu Ava in die Ausbildung gehen. Den zeitlichen Ablauf bestimmt deine Mutter. Bist du damit einverstanden?«

»So was von!«, rufe ich, springe auf, laufe zu Camilla und falle ihr um den Hals. »Danke, Camilla!«

Uns gegenüber sitzt Ava. Als sie mich breit anlächelt, blitzt das kleine Steinchen auf ihrem Zahn auf. Ich finde immer noch, dass das unfassbar gut aussieht.

»Und jetzt zu dir, Stina«, meldet sich nun wieder die Jüngste des Hexenrats zu Wort. »Wir haben beschlossen, dass du für die Ausbildung zur Kräuterhexe zugelassen wirst. Deine Ausbilderin wird Camilla sein. Bist du damit einverstanden?«

Jetzt ist es meine Freundin, die aufspringt und Camilla um den Hals fällt. »Ja, und wie ich einverstanden bin!«, ruft sie.

Alle reden durcheinander. »Bravo, ihr beiden!«, ruft Tante Fiona uns zu und klatscht in die Hände. Die anderen fallen ein. Ich werde wieder ganz rot vor Verlegenheit, aber ich bin auch sehr, sehr glücklich.

»Danke, dass ihr uns unterstützt!«, sage ich und werfe einen schnellen Blick in die Runde. »Und ohne Camilla wäre das alles nicht möglich gewesen!«

Als Stina zurück zu ihrem Platz kommt, hat sie das grüne Paket unter dem Arm.

»Mein Ausbildungsgeschenk«, sagt sie.

»Hab ich mir schon gedacht«, grinse ich.

»Guck rein!«, fordert Tim sie auf.

Alle Blicke sind auf Stina gerichtet, als sie vorsichtig das Paket öffnet. Sie zieht die Schleife auf, wickelt das Papier ab, nimmt den Deckel herunter … und wird blass.

»Was ist es?«, frage ich.

Stina hält mir kommentarlos den Karton hin. Ich schaue hinein. Gänsepelle zieht über meinen ganzen Körper. Unten auf dem Boden der Schachtel liegt zusammengerollt … eine kleine grüne Schlange.

Andrea Russo, geboren 1968, studierte Kunst und Germanistik. Sie lebt mit Mann und Labradorhündin im Ruhrgebiet. Die Inspirationen für ihre Kinderbücher verdankt sie ihrer mittlerweile schon erwachsenen Tochter, die früher jede Menge Flausen im Kopf hatte – und den Schülern und Schülerinnen einer Förderschule, in der sie als Lehrerin arbeitete.

Andrea Russo schreibt seit 2009 für verschiedene Verlage, unter anderem auch belletristische Romane unter ihrem Pseudonym Anne Barns.